哪吒传奇

我命由我不由天

王阳 著

民主与建设出版社

·北京·

图书在版编目（CIP）数据

哪吒传奇：我命由我不由天 / 王阳著. -- 北京：

民主与建设出版社, 2025. 4. -- ISBN 978-7-5139-4921-7

Ⅰ. I247.5

中国国家版本馆CIP数据核字第2025DH8845号

哪吒传奇：我命由我不由天

NEZHA CHUANQI WO MING YOU WO BU YOU TIAN

著　者	王　阳
责任编辑	金　弦
特约策划	任程民
封面设计	肖国旺
出版发行	民主与建设出版社有限责任公司
电　话	（010）59417749　59419778
社　址	北京市朝阳区宏泰东街远洋万和南区伍号公馆4层
邮　编	100102
印　刷	大厂回族自治县德诚印务有限公司
版　次	2025年4月第1版
印　次	2025年4月第1次印刷
开　本	880毫米×1230毫米　1/32
印　张	8
字　数	208千字
书　号	ISBN 978-7-5139-4921-7
定　价	49.80元

注：如有印、装质量问题，请与出版社联系。

序

在《封神演义》中，哪吒是一个异类。他没有登上封神榜，没有被安排在三界秩序中，而是凭借自己的意志肉身成圣，过上了逍遥自在的生活。在封神的世界里，众生皆为棋子，神仙、凡人、妖魔都在天命的轨迹里挣扎，唯独哪吒，他打破偏见，挣脱桎梏，选择了一条属于自己的路。用今天流行的话来说，他就是"逆天而行"的代表。

我一直认为，哪吒身上最可贵的特质，就是反抗精神。他敢于质疑权威，敢于挑战命运，甚至敢于颠覆世俗观念——大闹东海、剔骨还父、削肉还母，每一件都代表着对既定规则的挑战，也因此，他成了人们心目中永不服输、不被命运束缚的榜样。而在《西游记》中，我们还能看到另一位同样充满斗争精神的英雄——孙悟空。这两位家喻户晓的"超级英雄"，一个踏碎凌霄，一个怒斩龙王，都是逆天而行的斗士。我常常想，如果他们在我写的故事里相遇，会擦出怎样的火花？

带着这样的想法，我写下了这本书。

然而，这本书又不仅仅是关于战斗和反抗的，它更是关于成长的故事。

哪吒不再只是那个一拳打爆妖怪，三头六臂、无人能敌的少年，他也曾迷茫，也曾痛苦，也曾质疑自己的道路。他曾以为，强大就意味着自由，但在一次次的挫折与觉醒中，他逐渐明白：真正的自由，不是无所顾忌地挥拳，而是清楚自己为何而战。他的成长，并不只是法力变强，而是在经历风雨后，学会承担，学会理解，学会接受自己。

在他的旅途中，他遇到了许多同样孤独的灵魂。孙悟空是其中之一，敖丙也是其中之一。他们都曾挣扎在命运的洪流中，曾被世界误解，被天命玩弄。但最终，他们依然选择了自己的路，不为神，不为魔，只为自己。他们的友情，并非单纯的豪情万丈，而是惺惺相惜的理解，是相互陪伴的温暖，是彼此守护的承诺。

哪吒的传奇不仅仅属于神话，它属于每一个不愿被命运束缚、敢于挑战的人；它属于每一个在现实中挣扎、跌倒，却仍然不愿放弃的人。或许，你也曾在命运面前感到无力，曾在桎梏下挣扎，曾质疑过所谓的"天命"。那么，希望你能在这本书里，找到属于自己的答案。

故事的终点，又是一个新的起点，而你，就是接下来的故事中绝对的主角。

目
录

引子

陈塘关。

晨光柔和地洒在庭院中，空气中弥漫着淡淡的米香与莲叶的清香。院中的小桌上，摆放着一盘精致的莲花糕，粉嫩的花瓣层层叠叠、宛若莲花绽放。殷夫人坐在小桌旁，目光温柔地望着眼前这个家中最小的孩子——哪吒。这孩子，在她肚子里整整待了三年零六个月。

哪吒不过一岁多的年纪，却已健步如飞，比寻常大人更有力气。这会儿，他手里正拿着一块巨石，轻松地举过头顶，咧嘴冲母亲笑道："娘亲，看！"

殷夫人走过去轻轻摸了摸他的脑袋，嗔怪道："吒儿，娘亲跟你说过多少次了，不要拿这么重的东西，小心砸到自己。"

哪吒却毫不在意，咯咯笑着随手一抛，那巨石竟在空中翻滚了几下，"砰"地砸在院角，激起一片尘土，吓得树上的知了都不敢叫了。

他拍拍手，仰着小脸撒娇道："娘，我要吃莲花糕！"

殷夫人无奈地摇头，伸手捏了捏孩子软乎乎、肉嘟嘟的小脸，柔声道："好，吃莲花糕。"她端起盘子，将一块蘸了蜂蜜的莲花糕递过去，"刚做的，还热着呢，小心烫。"

哪吒大大咧咧地张嘴囫囵吞下，故意把肚子拍得"咚咚"响："一点都不烫，一点感觉都没有。"

殷夫人看着他这副得意扬扬的模样，忍不住笑了，伸手轻轻点了点他的额头："你呀，真把自己当个铁肚皮了。"

哪吒咧嘴一笑，伸出小手抱住母亲的手臂，撒娇道："娘，明天还吃莲花糕好不好？"

殷夫人温柔地摸了摸他的头，语气柔和："好，娘每天都给你做。"

哪吒开心地眨着眼睛，忽然又凑过去，小声嘟囔："娘，我看你今天怎么有点不高兴。"

殷夫人微微一怔，没想到这孩子的心思竟然这般细腻。她垂眸看着哪吒那双澄澈的眼睛，里面映着她的脸。她轻轻一笑，脸上闪过一抹复杂的神色，抬头看了一眼天空，又故作轻松地摇头："哪有？每天陪着你，娘怎么会不高兴呢？"

哪吒歪着小脑袋，像是在认真思考，过了一会儿才仰起头："那娘抱抱我好不好？"殷夫人心中一软，低头朝他笑了笑。

哪吒看了母亲一眼，皱起眉说："可是，娘今天笑起来，怎么感觉像哭一样？"

殷夫人一怔，指尖微微颤了颤，伸手将他揽入怀中，抱得紧紧的。她的声音轻柔，像春天拂过树梢的风："吒儿，以后要好好听话，别惹祸，好不好？"

哪吒虽然不解，但仍然乖巧地点点头："好，我听娘的话。"接着又伸出小指头，奶声奶气地说："拉钩。"

殷夫人忍不住笑了，低头说："好，拉钩。"

两个人笑着说："拉钩上吊，一百年，不，一万年不许变，谁变谁是王八蛋。"

"哎呀，王八蛋，这也太粗俗了。"殷夫人皱眉道。

"那就小狗狗吧，谁变谁是小狗狗！"哪吒看着母亲，一脸认真地说。

然而，这温馨的场景仅维持了一瞬。

突然，狂风骤起，明亮的晨光顷刻间被乌云吞噬，天地瞬间暗淡，狂风席卷庭院，吹得竹帘啪啪作响。

"轰隆隆！"

一道雷霆撕裂长空，在耳畔炸响。

"殷素知！你逆天而行，立刻随我回天庭，否则，本尊将降下九天雷劫，定让陈塘关寸草不生！"

一个威严至极的声音自云端传了过来，带着一股不容抗拒的威严。

哪吒猛地抬头，惊愕地看着天空，殷夫人脸色瞬间苍白，双腿一软，跪倒在地。

下一刻，只见一道金光破空而至，化作一名天将，金色的盔甲在雷光中折射出阴冷的光芒。他手持令符，目光漠然，如同俯视蝼蚁："天命既定，速速跟我走！"

哪吒的眼睛睁得大大的，茫然地看着母亲："娘亲，他是谁？"

殷夫人下意识地抱紧哪吒，低头看着他，只是摇头，一句话也说不出来。"娘亲……"哪吒的声音带着一丝颤抖，他能感觉到母亲的手在微微发抖。"你是谁？滚远一点！"他抬头指天，稚嫩的嗓音中带着冲天的怒意。

天将俯视着这对母子，面无表情地开口："放肆！"

殷夫人浑身颤抖，下意识将孩子牢牢地护在怀中。哪吒本能地察觉到危险，眼神瞬间凌厉起来，怒气冲冲地站到母亲身前，像一头愤怒的小兽。

"休想带走我娘亲！"他奶声奶气地吼道，脚下猛然一踏，地面竟隐隐震动，尘土翻飞。

天将微微皱眉，目光落在哪吒身上，眼中闪过一丝惊讶。眼前这个才一岁多的孩子，却已经展露出如此惊人的力量……

"殷素知，速速随我走，否则——"天将不愿纠缠，手中法诀一掐，金色的法链自虚空浮现，瞬间缠绕住殷夫人的手腕。

哪吒猛地扑上去，死死抱住母亲的腰，拼命挣扎："不！你们要带我娘亲去哪里？！"

殷夫人用尽力气稳住身形，颤抖地抚摸着哪吒的脸，从怀中拿出一个布老虎道："吒儿，别怕……拿着这个布老虎，就像娘在你身边一样……"

"我不要！我要娘在我身边，永远陪着我！"哪吒瞬间泪如泉涌，小小的手死死地抓着殷夫人的衣袖不放。他用尽全身的力气，仿佛只要抱得紧一些，就能把娘亲留下。

殷夫人望着孩子那张哭得通红的小脸，心如刀绞，但仍强忍着眼泪，努力用最温柔的语气安抚道："吒儿，听话……不管发生什么，你都要坚强……"

忽然，金色法链猛然收紧，殷夫人的身形被一股无法抗拒的力量向天空拉去。她咬着牙，不顾法力的束缚，最后一次俯身，颤抖着用手擦去哪吒脸上的泪水，将布老虎塞进他怀里："记住，只要布老虎在，娘就永远在你身边！"

哪吒猛地扑过去，双手乱抓，想把母亲拉回来，可是她的身影却越来越远。

"娘亲！你去哪儿？你不要我了吗？！"哪吒撕心裂肺地喊着，焦急地蹦跳着，想要抓住母亲的手。

殷夫人回眸望着他，眼中满是不舍，她多想再抱抱这个孩子，多想再亲亲他的额头，多想再听他叫一声"娘亲"……

可终究，她的身影在金光中逐渐远去，只余下一声轻轻的叹息："哪吒，原谅娘……"

金光一闪，天地恢复平静，院中只剩下那个小小的身影，呆呆地站在原地。

哪吒的小拳头紧紧攥起，眼泪止不住地往下掉。

"我要去找娘亲……"他低声呢喃，声音虽小，却如同山岳一般坚定，"贼老天，还我娘亲！"下一刻，哪吒小小的拳头砸在地上，眼中闪过一丝红光，地面隐隐震颤。

这一刻，宿命的齿轮开始缓缓转动。谁也没有想到，这个站在庭院中不知所措的孩子，会亲手打破天命！

第一章

封神大战

第一节　姜子牙驾到

"正宗章鱼铁板烧，不好吃不要钱！"一只章鱼站在摊位前卖力吆喝，旁边"章鱼铁板烧"的招子迎风飞舞。

"张郎大哥，我要一份！"小女孩拿出几枚铜贝递了过去。

"好嘞！"章鱼老板收起铜贝，手起刀落，剁下一截触须放在铁板上，立刻发出"滋啦啦"的响声，香味飘了出来。不过几秒钟，被砍断的触须又长了出来。小姑娘没有任何惊讶的表情，看来早就见怪不怪了。

章鱼铁板烧的旁边是一家米铺，一位头发花白、颤巍巍的老人正拿着布口袋买米。再看那白白胖胖的老板，手里拿着一个四四方方的斗，"哗啦啦"倒出一斗米，再拿起米斗时，里面的米又满了。

"这是什么法宝？真厉害！"米铺前的大街上，几十个穿着一致、游客模样的人正兴奋地四处打量，一个十一二岁的少年指着米斗好奇地问。

"这个呀，"队伍前方，一个穿着长袍的中年人回答道，"这个叫'盛粮宝斗'，里面有用不完的米。"中年人胸前挂着一块小木牌，上面刻着"陈塘关向导八号"七个字。

"这生意好呀，简直是无本买卖！"

章鱼铁板烧和"神奇米铺"，不过是陈塘关上百家店铺中最普通的。除此之外，还有卖美梦的梦境茶坊；卖时间的时空铁匠铺；卖记忆的脑袋瓜小店；卖寿命的长生坊……总之，在陈塘关，只有你想不到的，没有你买不到的。

今天天气真不错，万里无云，一丝儿风也没有。站在城楼上往下看，能看到如同棋盘一般纵横交错的各八条街道，将整个陈塘关整齐地分成六十四个区域。街道两旁的店铺各具特色，各种招子在阳光下反射出耀眼的光芒，行人如织，车水马龙。

陈塘关中央是中心广场，矗立着一座石刻雕像，足足有几丈高，以一种居高临下的威严气势俯瞰凡人。基座上刻着"元始天尊"四个大字，让人能够知道他的身份——法力无边的阐教教主，昆仑玉虚宫主人。同时，他也是陈塘关的守护神。

这时，雕像下正坐着一个身穿红衣，八九岁模样的孩子，手里拿着个布老虎高高举起来，看得有些出神。走近一点，还能听到他正在说话。

"唉，今天的风沙真是格外大。"他随手抹了一把眼睛，眼角闪着泪光，像是自言自语，又像是对布老虎说话，"娘亲你看，那些妖呀、魔呀的，都在这里定居了，有好几千人呢……"

"不对，不是人，是……"少年挠头想了想，不知道该怎么说，又叹了口气，"唉，算了，人和妖都是一样的。"

说着话，他干脆把布老虎放在胸前往地上一躺，双手垫在脑后，跷起二郎腿，阳光洒在脸上，暖洋洋的。"这样的生活真是太美好了，要是能一直这样下去就好了。前几天，我两个哥哥回来了，他们说要开始什么封神大战了。又是大战，这些神呀、仙呀的就是这样，总喜欢打打杀杀，就不能好好过日子吗？真是无聊透顶。"

"吒儿，你怎么还在这躺着呢？！"一个身穿盔甲的中年人急匆匆地跑了过来，正是陈塘关总兵李靖。要知道，将军除了上战场，一般是不会穿盔甲的。不用说，肯定有大事发生了，孩子当然也知道，可他一点儿也不在乎。

"老爹，又——怎——么——了？"孩子歪头看了一眼，拉长语调问。

"怎么了，怎么了！姜子牙马上就到了，没想到他亲自来了！赶紧收拾一下，这可是一万年都遇不到的大机缘！"

"什么姜子牙，"孩子翻了个白眼说，"他的大板牙是生姜做的吗？哈哈哈……"

"不要开玩笑了！"李靖急得都要跳起来了，"早就跟你说过了，封神大战马上就要开始，姜子牙这次可是带着封神榜来的。"

"好了，好了，知道了。"看父亲急成这样，孩子这才慢悠悠站起来，低头看了一眼布老虎，自言自语道，"娘亲，到底什么时候才能见到你。"然后他才不情不愿地跟着走了。

陈塘关外，一位须发皆白，骑着怪模怪样的坐骑的老人正在接受守卫的盘查。看这坐骑，头似狐、耳似兔、尾似松鼠、后腿似鹿，活脱脱一只"四不相"。

"你叫什么名字？"守卫上下打量着老人。

"姜子牙。"老人笑呵呵地回答。

"姜子牙？好像在哪里听过……"守卫自言自语道，随后提高嗓门继续问，"你来陈塘关做什么？"

"来找人。"

"哎呀，你就不能一次说完吗？来找谁？"

"找哪吒。"

"找少主？你提前预约了吗？"

"还要预约？"

"当然，我们少主要练功，哪有那么多时间！"守卫神气地说。

"哎呀，那可怎么办？"

"等我先给少主通报一下，预约时间，你回去等通知吧。"

"这……就不能通融一下吗？"老人一脸不情愿地问。

"通融不了！人人都要通融，少主哪有那么多时间？快、快、快，你走吧。"

老人无奈，只得骑着"四不相"离开。

老人刚走，哪吒就笑嘻嘻地从城门后面跳了出来，对着守卫伸出大拇指说："你小子干得不错，给你升职加薪！"

守卫"嘿嘿"一笑，正要回话，空中忽然传来炸雷一样的声音，直接钻进了陈塘关每个人的耳朵，带着一股难以抗拒的威严："玉虚宫元始天尊门下弟子，姜子牙到！"

声音刚落，一片金色祥云就飘到陈塘关上空，不断扩大，逐渐笼罩了整个城市。云层中光芒四射，金色的光辉照耀着陈塘关的每个角落，大地在颤抖。街道上的行人停下了脚步，纷纷抬头看向天空，惊讶与敬畏之色写在了每个人的脸上。

"陈塘关总兵李靖，恭迎姜太师驾临！"

"陈塘关全体官兵，恭迎姜太师驾临！"

巨大的元始天尊雕像前，李靖与上千名官兵齐刷刷地跪倒在地，俯首齐声呐喊，声音直达天际。

天空中，层叠的云层仿佛两扇大门般从中间缓缓打开，上百名乐师分列云层两侧，鼓琴吹箫，仙乐阵阵。姜子牙沐浴在金光之中，骑着"四不相"从空中降下，两名年轻仙人紧随其后。

"哎呀，李总兵快起来，不必行此大礼。我老头子最不喜欢这种礼数了，实在是没办法。"姜子牙一落地，就立刻小跑着过去搀起李靖，大袖一挥，云层和乐师便消失不见了。

"没想到姜太师亲自来了，我马上派人去唤小儿哪吒。"

李靖转头刚要吩咐谁，哪吒的声音便从雕像上传了下来："不用了，小爷就在这呢，嘿嘿！"

众人抬头看时，只见一个红色的身影站在雕像头上，正提裤子呢！在他脚下，一道水痕顺着雕像的头顶缓缓流下，正好流到眼角。

"哈哈，大家快看，天尊怎么哭鼻子啦？"哪吒低头一看，立刻哈哈大笑起来。

"孽障！竟敢如此放肆，快给我滚下来！"看到这场景，李靖又惊又怒。他平时就管不住哪吒，没想到今天闯出这样的大祸。

"大胆，竟敢亵渎天尊，找死！"姜子牙身后，两名年轻仙人怒目圆睁，身后的宝剑"唰"的一声飞出剑鞘，朝着雕像笔直地飞了过去，一眨眼的工夫就飞到了哪吒面前，眼看他就要血溅当场。

"不要！"事情发生得太快，超出了所有人的意料。李靖大喝一声，朝雕像快步跑了过去。围观的官兵和百姓不忍心看到这样的场景，纷纷低头捂住眼睛。

"嘻嘻，好玩，好玩！"没想到，就在大家以为哪吒要命丧当场时，雕像上却传来了哪吒的嬉笑声。众人再睁眼看时，只见他双脚各踩一柄飞剑，在空中飞来飞去，一脸兴奋，像是得了新玩具一样。两柄飞剑刚向两边飞出一点，哪吒立刻双脚用力，又把它们拢在一起。

"少主威武！"

不知道谁带头喊了一声，围观众人立刻跟着喊了起来：

"少主太厉害了！"

"少主天下无敌！"

……

"别喊了！"李靖赶忙阻止，心里一块石头总算落了地。可转念一想，在姜子牙面前亵渎元始天尊，这道坎可怎么过呀，不免心情又沉重起来。转头看姜子牙时，只见他一脸和善，笑眯眯地看着哪吒，眼睛里全是喜欢。

再看两个年轻仙人，双目圆睁，又是惊讶又是愤怒。当下脚踩七星步，食指和中指并拢伸直掐紧剑诀，手指微微颤抖，想要指挥飞剑摆脱哪吒的控制，额头上已经微微见汗。

"停云，金光神咒！"

"是！"

眼看一点效果也没有，两名弟子口中开始念念有词：

"天地玄宗，万炁本根。

广修万劫，证吾神通。

三界内外，唯道独尊。

体有金光，覆映吾身……"

随着咒语念响，空中一声闷雷炸响，射下两道金光注入飞剑中，剑身发出整齐划一的嗡鸣，一左一右地飞了出去。哪吒在空中没办法保持平衡，惊叫一声栽了下来。两道剑光紧随其后追了下来。

"哎呀，你们干什么呀！"

"扑通"一声，哪吒脸朝地摔了个"狗啃泥"，正好掉在李靖眼前，两柄飞剑"嗖"的一声直直地刺了出去。

李靖吓了一跳，下意识地扑到哪吒身上，要用身体保护自己的孩子。

"总兵！"

"将军！"

……

众人齐齐发出惊呼。一瞬间，剑锋几乎要触及他的背部。就在这千钧一发之际，突然一阵轻微的震动传来，一束金色光芒从姜子牙袖口飞出，将两柄飞剑震飞了出去。

"好了，好了。"众人还没看清怎么回事，飞剑又飞了回去。姜子牙微微一笑，走过去扶起李靖，哪吒也跟着一个鲤鱼打挺跳了起来，用手敲着晕晕乎乎的脑袋，想要把它"敲清醒"。

"师父！"两名年轻仙人看向姜子牙，一脸不甘。

"逆子，还不快给几位仙长赔罪！"李靖拔出腰间宝剑，恶狠狠地训斥道。

"为什么要赔罪？我又没做错什么，是他们先要用飞剑刺我的！"哪吒握着拳头，抬起头不服气地说。

"哎呀，大家给我老头一个面子。"姜子牙走到几人中间，摆着手说，"以后都要并肩作战的，不打不相识嘛！"

"这是我的两个不成器的弟子，落月、停云，给大家打个招呼吧！"

两个弟子还是有些不甘心，但姜子牙发话了，只能不情不愿地对李靖拱拱手。李靖也赶紧回礼，不敢怠慢。

哪吒在旁边嘻嘻哈哈地笑着，完全不在意刚才的冲突。他拍了拍自己身上的尘土，朝落月和停云眨了眨眼："玩得开心就好！你们的剑法不错，回头有空再切磋切磋！"

"实在是对不住，逆子……"

李靖还想接着道歉，姜子牙却已经蹲下身，拉着哪吒的手，眼睛眯成一条线，无比亲切地说："哪吒果然名不虚传，小小年纪就有这样的修为。"

哪吒却不回话，歪着头仔细打量着眼前的老人。他忽然伸出手，一把扯住姜子牙的眉毛："好长的眉毛！"

"哎哟，疼、疼、疼！"姜子牙吃痛，疼得龇牙咧嘴。

"放肆！"

"逆子！你要毁了陈塘关吗！"

"好玩，好玩，哈哈哈……我可不想跟你们打了！"哪吒大笑一声，一眨眼就跑得没影了。

李靖重重叹了口气："我这孩子平时疏于管教……"

"好了，好了，小孩子嘛，不必在意。说正事吧，"姜子牙一摆手，从袖子里取出一幅金色卷轴，一脸严肃地说，"我这次来的目的，李总兵已经知道了吧？还希望你们父子能够助我一臂之力呀。"

"太师只管吩咐便是，我们父子一定赴汤蹈火，万死不辞！"

第二节 为了母亲

"哪吒，你不想成仙吗？"一间小屋子里，姜子牙一脸认真地问。

"成仙有什么好的？"哪吒躺在桌子上，跷起二郎腿，嘴里叼着根狗尾巴草，歪头一脸不屑地说。

"成仙可以飞天遁地，想去哪就去哪；有机会超脱生死，长生不老；可以遨游四海，逍遥自在，这不好吗？"

"那有什么意思？小爷一个都不稀罕！"哪吒说着"唰"地跳了起来，手舞足蹈地说，"想飞天，陈塘关里有仙鹤；想遁地，陈塘关有穿山甲；想长生，俺们这里有长生坊；想遨游四海，俺们这有大鱼。你说的一点意思也没有。"

"这……"姜子牙愣了一下，思索片刻，又说，"你说得对。可是，那些都是妖，不是仙。"

"妖咋了？人是人妈生的，妖是妖妈生的，人家生下来就是妖，这也有错？"

"你这么说也有道理，可是，人妖殊途……"

"什么人妖殊途！"哪吒双手叉腰，"仙也有坏仙，妖也有好妖！你看看咱们陈塘关，这么多妖，哪个做坏事？反而是你们仙人，小爷不过是撒了泡尿，你们就要打要杀的。你自己说说，这对吗？"

"不对。"姜子牙下意识地回答，又马上捂了一下，嘴说，"对！"

"到底对还是不对？你的意思是他们做得不对，我说得对，对还是不对？"

"……"姜子牙张着嘴，不知道该怎么回答。

"到底对不对？"哪吒咄咄逼人。

"他们做得不对，你说得对！"

"哼！"哪吒又跳到桌子上躺下，"小老头，你还是回去吧。我是不会参加什么封神大战的。我跟人家无冤无仇，才不要打打杀杀。"

"算了，我还是告诉你吧。"姜子牙叹了口气，像是下了某种决心，"如果封神榜无法完成封神，所有阐教众神，都将灰飞烟灭。"

"所有？！"

"对，所有！"

"那跟我有什么关系呢？"

"你母亲殷夫人也在阐教。"

"什么？"哪吒惊得从桌子上起身，跳了下来——这么多年过去了，这是他第一次知道娘亲的消息，"我娘亲也在阐教？她为什么不回来看我？"

哪吒从方寸袋里拿出布老虎紧紧抱在怀里，"哇"的一声哭了出来，"娘亲，吒儿好想你，你为什么不回来！"

姜子牙看着眼前的孩子，眼中闪过一丝复杂的情绪，抚摸着哪吒的头说："不哭，不哭，你娘亲现在还没法回来。"

哪吒的手紧紧抓住怀中的布老虎，目光迷茫地看向姜子牙："为什么她不能回来？难道她不想我吗？我每天都在想她。玩的时候想，吃饭的时候想，睡觉的时候也想，我好想看到娘亲。"

姜子牙看着眼前的孩子，哪吒的哭声触动了他心里最柔软的角落。"我可以答应你，只要封神榜完成封神，你就能见到娘亲。"

"真的吗？"哪吒抬起头，一脸期待地看着眼前的老人。

"当然是真的，我姜子牙向来说一不二。"

"你敢跟我拉钩吗？"哪吒伸出小拇指。

"这有什么不敢的。"姜子牙也把小拇指伸了出来。

"拉钩上吊，一百年……不，一万年不许变！"

"谁变谁是王八蛋！"

"好了。"哪吒长舒一口气，笑着把布老虎塞进方寸袋，"快跟我说说，封神榜是个啥？"

"好，那你坐好，我好好跟你讲一讲。故事要从十年前说起……"

随着姜子牙的讲述，哪吒仿佛也回到了十年前的那个夜晚。

整个世界分为天、地、人三界，昊天上帝是三界主宰，也是天界统领；人界由商王统领；地界由女娲娘娘统管。可是，到商纣王时，他被狐狸精妲己迷惑，荒淫无道，残暴不仁，鱼肉百姓，残害忠良，导致人界生灵涂炭，百姓们怨声载道。

某天，纣王带着随从打完猎回宫，路上看到一座庙。纣王喝了很多酒，提着酒瓶走进庙里，见庙中供奉的神仙仪态端庄，秀美非常，便问随从这是什么神仙。

随从到路边随意抓来一位老人，问出是女娲娘娘后，纣王不但没有丝毫敬畏，反而在墙上写下：

国色天香多娇艳，娶回宫中侍君王。

老人认为此举亵渎女娲，忙上前阻止，反被纣王残杀。

这件事很快就传到了女娲娘娘那里。她雷霆震怒，找到姜子牙的师父、阐教教主元始天尊，让他捉拿纣王。元始天尊得道时，曾借助过女娲娘娘的补天神石之力，欠了大人情，加上仙、人有别，水火不容，于是痛快地答应了下来。

元始天尊命阐教十二金仙下界捉拿纣王。可他不知道的是，纣王早已与截教结了盟。一场大战之后，十二金仙战败，只能打道回府。从此之后，两教之间纷争不断。也正是在这个时候，周文王崛起，想要推翻商朝的统治。

昊天上帝眼看将要生灵涂炭，便召集两教商议。阐教辅佐周文王，截教辅佐商纣王，胜利的一方得道升仙，列入封神榜，失败的一方则灰飞烟灭。然后，按照功劳论资排辈，安排神位。这样一来，既解决了人间的问题，也解决了神仙的纷争。而姜子牙是封神榜的掌管者。只不过，他只有记录的资格。

……

"我听懂了，"哪吒抽了一下鼻涕，"可是，女娲娘娘为什么不自己去抓纣王呢？"

"因为昊天上帝不让她干预人间的事。"

"那昊天上帝呢？他总可以去吧？"

"这个嘛……该怎么跟你说呢？"姜子牙思索了片刻，表情有些古怪地说，"这个问题有点复杂。"

"有什么复杂的……他打不过截教呗？"

"没人知道他的真正实力。但是，昊天上帝手上有个威力无边的法宝。我们阐教都是人修炼成仙的，叫仙人；截教的都是妖炼成人形，叫妖灵，都不是神，也不能长生不老。昊天上帝掌握着封神的权力，封神榜上的每个名字，都将被赋予神位。而这些神位一旦确定，便意味着永生不死，成为真正的神祇。"

"那就更奇怪了，"哪吒皱眉说，"你一直说人妖殊途、人妖殊途的，昊天上帝为什么要让妖也有机会登上封神榜呢？"

"因为上了封神榜之后，人与妖就没有区别了，都是神。但你要知道，妖天生便是天地间煞气所聚，生性残忍；人是天地灵力所聚，是万物之灵长。至于你们陈塘关，之所以妖可以和人混居，乃是天尊有好生之德，以三宝玉如意压制妖气……"

"好了，好了，不要再说了，耳朵都要起茧子了。"姜子牙说到一半，哪吒捂着耳朵，不耐烦地打断他，忽然又挤眉弄眼，笑嘻嘻地说，"我想起一个笑话，你想听吗？"

"什么笑话？"

哪吒先是捧着肚子笑了半天，才止住笑说："有三只鹦鹉，一只会说恭喜发财，卖十个铜贝；一只会说长命百岁，卖二十个铜贝；还有一只鹦鹉什么都不会，却要卖一百个铜贝。你知道为什么吗？"

"让我想一想。"姜子牙摸着下巴，仰着头想了好一会儿才说，"因为它漂亮？"

"不是，"哪吒又哈哈大笑了几声，"因为它是头儿！"

"头儿？"姜子牙愣了一下，皱眉看着弯腰大笑的哪吒，忽然反应了过来，一把捂住哪吒的嘴，"可不敢乱说！"

这时，门外忽然传来一声大笑，又戛然而止。姜子牙打开门看时，只见李靖站在门口，一脸尴尬地挠着头说："有位仙使让我把这个符带给您……"

他说着从袖口拿出一只白玉圆盘递了过去。姜子牙接过之后，念了几句咒语，玉盘射出一道金光，在空中浮现出海市蜃楼一样的场景：狭窄逼仄的房间中，一位老人坐在地上，被碗口粗的巨大铁链缚住全身。墙角的阴影处，隐约能看到一道黑影，浑身黑雾缭绕，一双血红色的眼睛格外醒目。

姜子牙面色凝重地说:"哪吒,是时候去一趟朝歌了。"

朝歌城。

巨大的黑色城门矗立在一片荒芜的焦土上,惨白的太阳挂在天上,照不穿浓厚的大雾。雾气笼罩下,朝歌城如同巨大的棋盘。城门口,两座手持巨斧、披挂铠甲的巨大的牛头武士雕塑静静地守卫着城池,仿佛已经在那里站了千年。

不远处,一只老鼠从门缝中钻出,迅速跑向荒野。在它经过雕像时,武士眼中忽然射出两道红光,竟然活了过来。只一瞬,巨斧便落在老鼠身上,把它劈成两半。地上的老鼠立刻化为黑烟,在空中消散了。再看那雕像,早已经恢复了原状。

"呜——呜——呜——"

城墙上响起雄浑的号角声,两扇小山一样的城门缓缓打开。

"大王出行!"

"大王出行!"

……

伴随着一阵高过一阵的号角声,城中走出两列瘦骨嶙峋、衣衫褴褛的人,一列有上百人。他们吃力地拉着肩上黑色的铁链向前移动,每走一步似乎都要耗尽全身力气。铁链的尽头,一辆几乎与城门等高的巨大铜车缓缓驶出。

车上铺着柔软的皮毛,一个衣着华丽、头戴王冠的雄伟男子躺在上面,一把将旁边的妖娆女子搂在怀中,正是纣王和妲己。妲己身后,九条白色的尾巴微微翘起。她横了一眼旁边的宫女,道:"愣着干什么,还不给大王倒酒?"

那宫女看着不过十二三岁的年纪,听到吩咐,吓得浑身一颤,手里的酒壶竟然掉了下去,正落在纣王脚上。

"废物!"

纣王还没来得及说话，妲己的一条尾巴"嗖"地一下甩了出去，将宫女扫到车下。

"啊!"

宫女发出一声惨叫，正落在一个骑着白虎的道人身后。这道人也怪，身子朝前，头朝后，只看后面，不看前面。

"哎呀，可怜可怜，本尊就帮你一把，别做了那孤魂野鬼!"

道人摇头晃脑，只见一道金光闪过，他手中多了一面黑色的旗子。他"哗啦"一声展开旗子，里面立刻传出一片哀号，宫女化作一道虚影，被吸了进去。

一道黑色身影扇动着蝙蝠一样的翼手飞了过来，叫道："好你个申公豹，动作真快!"这声音十分难听，像小刀划玻璃一样。

"嘿嘿，费仲老弟，我这招魂幡马上就要炼成了，你让让我能怎么样?"

申公豹和费仲身后，一列整齐的队伍从雾气中现身。这队伍里有牛头、马头、鼠头、虎头、豹头……全都穿着黑色铠甲，竟没有一个是人样。

"吱!"费仲发出一声尖叫，几个士兵立刻捂着耳朵倒了下去，"这次就便宜你了!"

队伍一路向前，穿过一条红色的河，能看到一座十分宽阔的广场。广场中央，一根巨大的铜柱矗立在石台上。柱子上刻着繁复的花纹，顶端盘坐着一个鼠首人身的怪物。

他闭着眼睛，嘴里念念有词："通天召命，六丁奉行，神鼠化气，速速降临。"

咒语念完，怪人头顶立刻冒出一股黑气，对着铜柱钻了下去。过了好一会儿，黑气才钻到一个狭小的房间，化成人形黑影。房间里，一位老人正坐在地上，手里摆弄着几根草。

"姬昌，天天摆弄这破草有什么用？"

"尤浑，你又来看我老头子了？"老人也不生气，头也不回地问。

尤浑冷哼一声说："不识抬举，大王马上就要来取你性命了。我要是你，就立刻给西岐送一封信，叫姬发来救你。"

"你们不是已经送过信了吗？"

尤浑"啧"了几声，语气轻蔑地说："你们周人自称顺应天道，可你儿子却连老爹的死活都不管，自己在西岐享福，这叫什么天道？"

"因为他分得清楚，若是救我一人，就无法完成灭商大计，天下所有人都要跟着遭殃。舍我一人，救天下人，这就是天道。"

"好、好、好！好一个牙尖嘴利的糟老头！道爷今天就让你知道，什么是天道！"

尤浑说着，手中幻化出一条黑雾长鞭："告诉你，以前都是开胃小菜，今天这噬魂鞭一鞭下去，你三魂缺一，七魄少二，从此生不如死！反正你也是要死的人了，身上这么重的灵力别浪费了，给鼠爷我养一养鞭子吧！"

"你要打就打吧，为天下苍生，我死又何妨？"

"好，既然你要死，那鼠爷就成全你！"

说罢，尤浑举起长鞭，朝姬昌身上狠狠抽了下去。

"儿啊，一定要完成灭商大业，拯救天下苍生！"姬昌闭上眼睛，脸上没有一丝惊恐神色。

第三节　救救姬昌

眼看着尤浑手中的鞭子就要打在姬昌身上。就在这千钧一发之际，地上忽然出现一个黑黝黝的大洞，一道土黄色的身影从洞口跳了出来。

"急急如律令！中央戊己杏黄旗，开！"

那身影厉喝一声，抬手掏出一面旗子扔到姬昌和尤浑之间，旗子立刻变大好几倍。

"啪！"

鞭子打在杏黄旗上，竟发出一声尖锐的金属撞击声，黑色长鞭被旗面挡住，竟如同铁锤砸在铁壁上一样。尤浑一愣，随即目光转向那个乍现的身影，脸上露出一丝震惊。

"你是怎么进来的？"尤浑冷哼一声，双眼瞪得如铜铃般大，声音阴森恐怖。

"主上别怕，土行孙来救您啦。"来人先是安慰了一下姬昌，这才转过头，挤眉弄眼地说，"我乃姜子牙麾下土行孙，最擅长破土潜行。你这破地方，怎能挡住我？"

"好，我今天就看看，你有多大的能耐！"

说罢，尤浑右手一挥，十几股黑气从四面八方涌来，化作利刃，直扑姬昌而去。土行孙不慌不忙，挥动杏黄旗，金光闪烁间，旗面瞬间展开，宛如一面金色的屏障般将姬昌与他完全围住。那十几道黑色利刃刚一触及旗面，便发出"乒乒乓乓"的响声，犹如碰撞在钢铁之上，随后便如同纸张般被撕裂，瞬间消散。

尤浑的脸色骤然一变，没想到土行孙竟能用如此简单的手段就轻易化解了他的攻击。他眼中的怒火更盛，浑身妖气愈加浓烈，念动咒语，顿时有一大团黑色的雾气化作一只巨大的妖兽虚影，张开血盆大口，直接向土行孙和姬昌咬了下去。

"咔嚓——咔嚓——咔嚓——"

每咬一口，杏黄旗上的光芒就暗淡一分。

"这妖怪怎么这么厉害，得赶紧走！"土行孙暗叫一声"不好"，从方寸袋里拿出大刀，朝绑着姬昌的铁链砍去。

"啪！"刀锋与铁链相撞，发出一声剧烈的撞击声，火花四溅，结果却让土行孙的脸色大变——铁链安然无恙，竟连一点痕迹也没有留下。

"这……"土行孙心中一惊，知道这铁链并非凡物，肯定是被某种强大的妖法加持过，非一般刀剑能断开。这面杏黄旗是姜子牙的法宝，以土行孙的法力根本无法催动。原本想着，他可以直接带着姬昌从地下逃离，可这两条铁链却如同巨蛇般缠绕着姬昌，让其无法逃脱。

"不要管我了，你快走吧。"姬昌眼看杏黄旗的光芒越来越暗，知道已经撑不了多久，就劝土行孙赶紧离开。

"不行！"土行孙斩钉截铁地说，"我要跟主上同生共死！"

随着催动咒语，那股充斥着整间屋子的妖雾越发浓厚，妖兽的虚影亦愈加庞大，几乎填满了整个空间。它张开血盆大口，再次朝着土行孙和姬昌狠狠咬了下去。妖兽的牙齿如钢铁般坚硬，气势十分骇人。只这一下，杏黄旗就立刻暗淡无光地落在了地上。

"土行孙，受死吧！"尤浑狞笑着，声音里满是杀意。

"吼！"妖兽低吼一声，巨大的身躯猛地朝两人扑了过去。那股妖风吹得屋内灰尘飞扬，土行孙和姬昌几乎无法站稳，身形左右摇摆，眼看就要命丧当场。

就在这生死一线间，土行孙眼中闪过一丝坚定的光芒，猛地发出一声大喊："哪吒！快动手呀！"

话音刚落，那妖兽的动作骤然停滞，仿佛被某种无形的力量束缚住。妖兽的目光变得空洞，紧接着，它的身子像是被抽走了一般，迅速被吸进尤浑的身上。

"卑鄙！无耻！"尤浑震怒不已，双眼瞪大，身子像是水波一样不断荡漾，怒吼一声便逃回了屋顶。

土行孙眼看着妖兽和尤浑消失，心中松了口气，喃喃道："总算脱险了……"

姬昌脸上浮现出一丝疑惑："这是怎么回事？哪吒是谁？为什么他会帮我们？"

土行孙嘿嘿一笑，解释道："哪吒嘛，是个了不起的少年……"

青铜柱顶端，哪吒一脚踢在尤浑头上，发出"咣"的一声巨响。

"真是奇怪，既不还手，也不说话，雷打不动，头硬得跟石头一样！"哪吒揉了揉脚，后撤几步，力灌双腿，大喝一声，向前猛跑几步，接着高高跃起，用膝盖向尤浑头上顶了过去。

与此同时，一团黑雾沿着铜柱盘绕向上，就在膝盖撞到头部前的一瞬间，黑雾钻入了尤浑体内。

"哎哟！"

元神刚刚进入体内，一股钻心的疼就从头部传遍全身。尤浑痛得怪叫一声，从铜柱上飞了出去，重重摔在地上，半天爬不起来。

"咦？这次怎么这么不经打？"

哪吒也顾不上多想，直接从铜柱上一跃而下，膝盖重重地砸在尤浑脸上，一张鼠脸立刻肿了起来，成了猪头。

"年轻人不讲武德，竟敢偷袭我！"尤浑大声抗议，拼尽全身力气想要站起来，身上却像压了一座大山一样。无论他怎么挣扎，都只能像是翻不过身的乌龟一样，十分滑稽可笑，只能任由哪吒一拳又一拳地打在脸上。

"妖怪，快把柱子里面的老头放出来！"哪吒举起拳头威胁道。

"小娃儿，你休想！"尤浑话音刚落，哪吒就一拳砸了下去，直接把他的头砸进了土里，接着又是"砰砰砰"连着十几拳。

"放不放？！"哪吒再次举起拳头。

"放，我放，不过我有个条件，不然打死我也不放人！"

"说吧，什么条件，只要不过分我都能答应你。"哪吒举着拳，歪着头，斜着眼。尤浑丝毫也不怀疑，只要自己一句话说得不对，整个身体就会被打进土里。

"你得给我一缕头发。"

"你是不是变态？要我头发干什么？"哪吒又是一拳砸下。

"别打了，别打了。"尤浑连连求饶，"小英雄，你听我解释。我正在炼制混元灵符，就差最后一件宝贝。"

"为什么要我的头发？"

"您听我说，这宝贝有三个条件：童子身、小英雄、大神通。放眼天下，也只有小英雄您符合条件了。"

"这还差不多，我答应你了！"哪吒一脸得意，爽快地随手一划，斩下一缕头发，说，"你先把他们放了。"

尤浑也痛快，当下催动咒语："通天召命，六丁奉行。幽冥之门，速速开启。"

随着最后一个字落下，青铜柱发出"轰隆隆"的响声，缓缓向上抬升，整个大地也跟着晃动了起来。柱子上的铁链如同黑色巨蟒，绕着柱身盘旋上升。片刻之后，两条铁链拖着姬昌，将他从地洞中拽了出来。土行孙一只手紧紧抓着链子，另一只手拿着长刀，脸上全是戒备的神色。

"把链子解开！"哪吒恶狠狠一声令下，尤浑不敢怠慢。只见一道黑气从他头顶钻出飞入铁链，他大喝一声"开"，姬昌应声落下。哪吒赶紧一跃而起，在空中接住了姬昌。

这时，土行孙也松开手，敏捷地落在了地上。"不愧是少年英雄，连尤浑都不是你的对手。"姬昌也连连道谢。

"这种小妖，根本不是我的对手。"

"小英雄，头发还没给我呢。"

"给你了，小爷向来说话算数！"哪吒随手甩出头发，从尤浑体内飞出一缕黑气将头发裹住，他的表情立刻变得狰狞起来，恶狠狠地说，"小娃儿，你真以为自己有多厉害？要不是趁鼠爷我元神出窍搞偷袭，你根本不是爷的一合之敌。"

"妖孽，还敢嚣张！"哪吒双脚一蹬，又要上去跟尤浑大战一场，土行孙赶紧一把拉住他："别打了，咱们还是先回去吧。"

"想走？！"尤浑大喝一声，四股浓烈的黑色妖气脱体而出，想要将哪吒三人围在中间。

"快走！"土行孙拉起姬昌，一个猛子扎进土里，地上立刻鼓起一个大包，向黑雾外围快速移动。

"等等我！"哪吒虽然没有钻地的本事，但凭着强悍的肉身，硬生生地朝黑雾撞去。

"轰！"哪吒以惊人的速度冲撞进黑雾之中，黑雾如同被炸开了一般，竟然裂开了一道缝隙。

"嘿嘿，雕虫小技，还想困住小爷！"哪吒跳出黑雾，正要跟着土行孙离开，忽然空中传来一声怪笑，一个长着蝙蝠翼手的怪人飞了过来，正是费仲。

"还想跑？"费仲停在空中，张大嘴朝地上发出一声尖啸，空气中荡起一圈波纹，"轰隆"一声，强烈的震荡波随之扩散，地面瞬间崩裂，土行孙和姬昌被炸得飞了出来，四周的泥土与石块在空中飞舞，尘土飞扬，一片混沌。

土行孙脚下的土壤如同触手般延伸，抓住了他的双足，他这才勉强稳住身形。姬昌则被爆炸波及，身形翻滚着落在地上，胸口剧烈起伏，显然受了伤。他咬紧牙关，挣扎着站起身，说道："看样子，今天不能轻易脱身了。"

费仲悬浮在空中，双手负于背后，嘴角勾起一丝冷笑："想逃？没那么容易！今天你们都得留下！"

"好厉害的妖怪！"哪吒惊叹一声，正要上去帮忙，只听背后一阵风声，他下意识地一闪，一只由黑色妖气形成的巨手砸在地上，炸出一个大洞。

"你的对手是我！"尤浑咬牙切齿，显然是要报膝盖砸脸之仇。只见他一挥手，黑气四散而出，化作一道道黑色光刃，朝哪吒射去。哪吒毫不畏惧，双腿一蹬，身形猛然跃起，双拳不断挥出，打出一片残影，砸向劈面而来的妖气。每一拳挥出，都带着如山般的力量，连空气都被挤压得发出震耳欲聋的爆破声。

另一边，土行孙再次带着姬昌遁入土中，迅速消失在地面下。费仲则悬浮在空中，双手结印，不断发出刺耳的声波攻击。每一次波动都带着强大的冲击力，土行孙只能凭借敏锐的本能躲避。

地面上，土包不断剧烈晃动，仿佛一只穿山甲正在地下疾速奔跑。每一次费仲释放的声波攻击都让土包急剧偏移，左闪右避，土行孙的动作非常快。每一次，声波擦过土包时，都会在周围的土地上留下深深的裂痕，仿佛连大地都在为费仲的攻击让路。

"看你们能躲多久！"费仲脸上流露出不屑的神色，双手不断翻动，空气中的波动愈发强烈。土行孙一边躲避，一边心中暗自寻思："要是一直这样躲避，迟早会被他找到破绽，必须得有个解决办法。

土行孙心念电闪，灵机一动，身下的土地忽然开始翻腾。随即，他猛地从地下跃起，脚下的土块被他一脚踢飞。他如同一颗子弹般冲破土层，直扑向费仲。

费仲眉头一挑，显然没有料到土行孙竟会突然改变战术，眼看土行孙扑来，费仲眼中寒光一闪，右手猛地挥动，一道声波激射而出，冲向土行孙。

"给我破！"土行孙发出一声低吼，挥动双臂，土块在他面前形成一面巨大的土盾，瞬间挡住了那道声波攻击。声波随即与土盾相碰撞，发出"轰"的一声巨响，扬起一大团灰尘。土行孙借此机会，迅速冲向费仲。

"好快的速度！"费仲心中一震，但嘴角仍勾起一丝冷笑，"不过你能接住一次，我就不信你能再接得下去！"

随着费仲的声音落下，四周的空气再次变得压抑起来，强烈的声波再次向土行孙压迫而来。土行孙眼中闪过一丝果敢的光芒，整个身体瞬间闪开，转而反攻，一记重拳朝费仲直砸过去。

这一次，土行孙用尽全力，拳头爆发出惊人的力量。费仲虽然及时避开，但仍感觉到一股震动从脚下传来，身形瞬间失去平衡，被地上伸出的一只黄土形成的巨手抓住。

"嘿嘿，没想到吧，我早就埋好了化形符。"土行孙得意一笑，趁着费仲被困的空当，再次带着姬昌遁入地下，转眼就没了踪影。

第四节　招魂幡

"哪吒兄弟撑住，我会回来救你的！"

听到土行孙的话音时，哪吒已经与尤浑对轰了上百拳。

"砰！砰！砰！"每一次拳头与妖气碰撞，都会发出震耳欲聋的声音，空气剧烈震荡。尤浑的妖气如同绵延不绝的洪流，不断地将哪吒逼退。

"你以为凭这点力量，就能与我对抗？"尤浑的声音充满嘲讽，双眼发出红光，黑色妖气再次凝聚成一只巨大的妖手，抓向哪吒的胸口。

"来得正好！"哪吒怒吼一声，全身力量爆发，集中于双拳之上，如同一柄铁锤，狠狠砸向妖气形成的巨掌。空气中发出一声沉闷的巨响，瞬间灰尘飞扬。

哪吒往后猛退几步，失去了平衡。他正欲调整好身形再战，背后忽然传来一声尖啸，紧接着，一股巨大的力量在背后炸开，正是脱困的费仲。他见土行孙和姬昌逃走，便把所有怒气全都凝聚在了这一击上。

"砰！"哪吒的身体顿时被炸得向前飞去，胸口剧烈起伏，鲜血从口中溢出。巨大的冲击让他狠狠摔在了地上，头晕目眩，剧烈的疼痛从四肢百骸一齐传来。

"呵，怎么？你不是很厉害吗？"费仲飞到哪吒头顶，冷笑着说。尤浑缓步走了过来："你的确很强，但不过是个小屁孩而已。今天就让你死无葬身之地！"说着从他身上冒出一股妖气，化作巨手把哪吒紧紧握住。费仲双手结印，念动咒语："通天召命，六丁奉行。神蝠聚气，破仙灭神！"

随着咒语催动，巨大的黑色毁灭能量圈不断扩大，空气中不断传来爆裂声。哪吒被那只妖气化成的巨手紧紧握住，无法动弹，呼吸越来越困难，只能眼睁睁地看着自己的生命走向终点。

在生死一瞬，他没有埋怨姜子牙，也没有怨恨土行孙。母亲的面容在他眼前闪过，那熟悉的温柔又坚毅的神情，仿佛一股温暖的力量冲破了绝望，涌入他的胸膛。母亲的叮嘱在他耳边不断响起：

"吒儿，穿上衣服，小心着凉……"

"吒儿，跑慢点，别摔倒了……"

"吒儿，娘亲可能要走了……"

"吒儿，要好好听爹的话，不要调皮……"

"吒儿，等娘亲回来……"

……

恍惚之间，哪吒又看到了母亲离开的画面：殷夫人眼含泪水，转头挥手道别，嘴角勉强勾起的笑意里藏着无尽的不舍。这一刻，哪吒感觉到一种无法言喻的痛，如同锋利的刀刃，刺入心中。

"娘亲……"哪吒用尽全身力气抬头望向陈塘关的方向，喃喃自语，"吒儿好想你，吒儿好想再见你……"

"破！"

费仲大喝一声，双手推出，巨大的黑色毁灭能量圈瞬间飞出。

"轰隆隆！"

能量圈结结实实地轰在了哪吒胸膛上，巨大的爆炸声震耳欲聋，仿佛整个天地都在颤抖。一阵耀眼的黑光爆发开来，冲击波以不可阻挡之势向周围扩散，飞沙走石，尘土漫天。

"咔嚓！"

哪吒的身躯如同断了线的风筝，瞬间被爆炸的冲击力震飞，全身骨骼传来一连串的断裂声。他再次重重摔落在地，溅起一片尘土，口中鲜血狂涌，再也没了动静。

"哼，"费仲缓缓飞到哪吒上空，"小娃儿，不知死活。"

尤浑也走了过来，一脚踢在哪吒身上，布老虎"吧嗒"一声掉了出来。尤浑捡起扫了一眼，随手扔了出去。布老虎在地上滚了几圈，碰到石头上停了下来。

"这个小崽子坏我们大事，放走姬昌，回去怎么交差？"尤浑还是不解气，又重重地在哪吒身上踩了一脚。

"你还好意思说！"费仲猛地从空中飞下，一脚踢飞尤浑，怒气冲冲地骂道，"你这个废物，看个人都看不好！"

尤浑自知理亏，起身拍拍身上的土，强压住心头的怒火，一脸谄媚地说："费仲大哥，咱们现在追过去已经来不及了，拜托您帮我在大王面前美言几句。"

费仲斜眼看了尤浑一眼，一脸不屑地说："你以为大王跟你一样，也是个废物？他早就安排好了，姬昌插翅难逃！"说着，他又踢了一脚地上的哪吒，吩咐道："把这个小崽子带回去吧，大王还有用。"

"好嘞！"尤浑答应了一声，弯腰提起地上的哪吒。

"申公豹应该已经得手了吧……"费仲看了一眼姬昌逃离的方向，

喃喃说道。

　　费仲高估了申公豹的能力，也低估了姜子牙。此时，姬昌和土行孙早已远离朝歌，姜子牙的两名弟子正与申公豹战作一团，两柄飞剑灌注金光，打得他毫无还手之力。

　　"姜子牙，你这个卑鄙小人，有本事一个人跟我打！"申公豹左支右绌，破口大骂。

　　"申公豹！"姜子牙指着申公豹怒斥，"你背叛阐教，与截教众妖搅在一起，今日就是你的死期！"

　　"背叛？！"申公豹冷哼一声，"要不是元始天尊那老儿出尔反尔，把答应给我的仙丹给了你，我怎么会离开阐教？"

　　"住口！"姜子牙大喝一声，怒声道，"要不是你偷炼招魂幡，天尊怎会如此对你？"

　　"好、好、好！"申公豹抬手打出一枚珠子将两柄飞剑震开，指挥坐下白虎向后跃去，"师兄，既然你这么说，今天我就让你见识一下招魂幡的威力！"

　　"哗！"

　　申公豹猛地打开招魂幡，空中顿时传来一阵凄厉的鬼哭狼嚎，犹如万千幽魂在冥界深处咆哮。黑色的招魂幡随风飘动，旗面上似有无数鬼影晃动，隐约能看到无数扭曲的面容，写满痛苦与仇恨，仿佛要将一切生灵吞噬。

　　"姜子牙，这招魂幡正好还差三位仙人祭旗，今日就用你们祭旗了！"申公豹的声音透着阴冷的杀意，仿佛连他四周的空气都被染成了黑色。

　　招魂幡的旗面腾起浓浓的黑雾，其中闪烁着无数鬼魂的影像，扭曲、狰狞、咆哮……黑风狂卷，无数鬼影从幡中冲出，朝着姜子牙三人猛扑而去。

"列阵！"

姜子牙一声令下，停云、落月脚踩七星步，催动咒语：

"天地玄宗，万炁本根。

广修万劫，证吾神通。

三界内外，唯道独尊。

体有金光，覆映吾身……"

两柄飞剑灌注金光，在停云和落月的指挥下舞出一片炫目的光芒，鬼影们撞击在金光之上，发出阵阵凄厉的嘶吼声，始终无法突破。

申公豹站在远处，目光阴冷。"没想到两位小师侄已经练成了这样的本领。"他眉头一挑，"不过，区区飞剑，怎能挡得住我的招魂幡？看招！"

他再次挥动招魂幡，幡上的黑雾猛地涌动，忽然间，几道巨大的鬼影从招魂幡中破空而出，身形庞大，恍若魔神，发出刺耳的号叫声，猛地扑向姜子牙三人。

"畜生，竟收了这么多仙人魂魄！"姜子牙怒斥一声，祭出中央戊己杏黄旗，"急急如律令！开！"

随着姜子牙的怒喝，中央戊己杏黄旗在空中瞬间展开，散发出耀眼的金光，将师徒三人笼罩其中。鬼影冲击在金光上，发出震耳欲聋的轰鸣声，光芒四射，鬼影瞬间被一一弹开，无法突破这层金光形成的护盾。

见此情形，申公豹打出一颗金色珠子，"开天珠，破！"那珠子在空中滴溜溜地转了起来，散发出耀眼的光芒，仿佛一颗小型太阳，刺眼无比。随着申公豹的怒喝，金色珠子猛地爆发出一道强烈的光波，直冲姜子牙的杏黄旗。

"轰——"

光波与金光碰撞在一起，发出震天巨响。开天珠力量强大无比，冲击力如同狂风暴雨般肆虐，杏黄旗发出的金光为之一晃。

"快！"姜子牙双手结印，停云与落月也同时伸出双手，将更多的法力灌入杏黄旗中，旗面金光暴涨。然而，开天珠并没有因此停下，反而变得更加狂暴。申公豹眼神冷厉，手中的招魂幡再次挥动，幽冥鬼魂竟然冲向开天珠，与珠子融为一体，形成一种诡异的黑金色。

"这是什么妖术？竟能让天尊赐下的开天珠与招魂幡这种邪物融合！"姜子牙震惊道。

"什么妖术仙术？不过是你们这些不知天高地厚的家伙自封的名号罢了！"申公豹眼中闪烁着疯狂的光芒，嘴角勾起一抹不屑的冷笑，继续说道，"真正的力量，不是靠法术，而是靠掌控一切的权术！从这世间万象的根本出发，只有能够撕裂天地的规则，才是真正的力量！我申公豹，终将成为真正的神！"

申公豹说着急速挥动手中的招魂幡，开天珠与招魂幡的力量合二为一，"轰隆"一声撞在杏黄旗形成的金光盾上，瞬间地动山摇，风云变色。

姜子牙的脸色变得异常凝重，双手结印，竭尽全力地将法力灌入杏黄旗。然而，开天珠与招魂幡融合后的黑金能量极为强大，每一击都雷霆万钧，金光盾上开始出现一道道裂痕，随时都会破碎。

"师父，我快撑不住了！"停云双手已经开始发颤。

"坚持住，停云！"姜子牙咬破手指，在空中画出一道血色符咒。

"不要啊！师父！"见此情形，落月大喊一声，但已经来不及了。

姜子牙一挥手，符咒融入金光之中，裂隙瞬间消失。

"哈哈哈！"申公豹狂笑一声，"姜子牙，你也有今天！一次血咒要耗你十年寿命，我看你能用几次！"

他说着再次挥动招魂幡，黑金能量疯狂肆虐，金光盾上再次出现裂痕，岌岌可危。

姜子牙脸色苍白，额头冒出冷汗，但他目光依旧坚定，心中没有一丝动摇。

"停云、落月，"姜子牙低沉的声音从牙缝中挤出，"再坚持一会儿，马上就有人来救我们了！"

"放弃吧！你们这些所谓的仙道之人，终究不过是跳梁小丑。"申公豹的声音变得更加阴冷，"当年我被逐出师门，今日便要亲手将你们收入招魂幡，纳命来！"

申公豹催动咒语，声如雷霆：

"天地玄宗，万炁本根。广修万劫，证吾神通。"

"三界内外，唯吾独尊。"他目光更加疯狂，仿佛要将整个世界的规则撕裂。

"招神纳仙，开天辟地！"

咒语的最后一字出口，空中顿时涌现出更恐怖的黑金能量，一股无与伦比的威力将整个战场笼罩。天地仿佛被撕开，裂缝中冲现出无数幽冥鬼影，号叫着，疯狂扑向姜子牙和两位弟子，无处不充斥着死亡的气息。

"这股力量……"姜子牙神色异常凝重。

姜子牙眼中闪过一抹坚决，在空中连画三道血符，停云、落月想要阻止，却连话也说不出了。

"再坚持一下，他马上就要来了！"姜子牙咬紧牙关，将手中的三道血符抛向空中，符文瞬间化作三条红色光带，激射向正在肆虐的黑金能量。

"嗡——"

空中顿时响起一阵剧烈的震动声，那些幽冥鬼影仿佛被某股神秘的力量束缚住了，一时间无法继续扑向姜子牙三人。

"姜子牙，好师兄！"申公豹怪笑一声，"如果我没有记错的话，四道血符用完，你就只剩下不到十年阳寿了吧？"他的声音阴冷且恼羞成怒，双眼布满血丝，面容扭曲至极，再次用力挥动招魂幡。

姜子牙此刻已不再理会他，而是凝视着远方，忽然笑了起来。

"他来了！"

"你是不是失心疯了？"

"轰！"

申公豹话音刚落，远处忽然传来一声震天的雷鸣。

"轰——轰——轰——"

震耳欲聋的轰鸣声不断传来，越来越密集，仿佛是某位身材魁梧的天神正在全力奔跑，每踏一步，地面便颤动一次。每一声雷鸣都像是重锤砸向申公豹的心脏，让他浑身震颤不已。

地面剧烈震动，空气中弥漫着一种前所未有的压迫感。申公豹的神情逐渐变得慌乱，他猛地转身，看向后方，眼中满是无法掩饰的惊骇。

那是一个巨大的身影——一个身高数十丈、如山岳般宏伟的身影！

犹如一尊移动的神像！

雷霆撕裂着云层，天地为之颤抖。火焰在空中肆虐，仿佛要将周围的一切点燃，火光和雷电交织成一片炫目的光辉。

他每踏下一步，地面便剧烈震动，连周围的山岳也仿佛要随之崩塌。那巨大的身影气吞万里，仿佛天地之间的主宰，所过之处，风云变色，所有生灵都无法忽视他的存在。

申公豹的脸色瞬间惨白，瞳孔微缩，不敢相信眼前的场景。他的嘴唇微微颤抖，低声喃喃道："不可能……这……绝对不可能！"

就在申公豹还在惊恐中未能反应过来时，那巨大身影已经踏入了他的视野中。

"哪吒！"

这位天神一样的巨人，正是哪吒！

"吼！"

哪吒一声怒吼，举起山丘一样的拳头向申公豹砸下。申公豹想要逃走，但全身却被拳风笼罩，像是中了定身术一般，无法挪动分毫。

"轰！"

随着哪吒那一拳砸下，整个天地仿佛都在这一瞬间陷入了沉寂。巨大的冲击波席卷四周，地面猛烈震动，尘土飞扬，山川崩塌，空间仿佛被撕裂，裂缝遍布大地。就连姜子牙师徒三人也被这猛烈的能量波及，掀飞了出去。

当哪吒再次举起拳头，准备给申公豹最后一击时，却突然身形一晃，轰然倒下，变成了原本的小孩儿模样。

申公豹虽然被结结实实地砸了一拳，但靠着开天珠与招魂幡护身，勉强保住了性命。他本想结果了哪吒，无奈身受重伤，不敢恋战，唤来坐骑白虎，一溜烟逃回朝歌去了。

"哪吒！哪吒！"姜子牙顾不得自己的伤势，飞奔向倒下的哪吒。

"师父，哪吒他……"停云和落月也赶了过来，看到哪吒那副模样，心头满是焦虑。

姜子牙将哪吒轻轻抱起，急忙检查伤势，脸色凝重。哪吒的身体遍布重伤，全身骨骼寸断，五脏六腑碎裂，哪里还有一丝生气？

姜子牙深吸一口气，压住心中的慌乱，闭眼催动法咒，从指尖射出一道金光，在哪吒体内游走一圈后，他长舒一口气道："还好，还有一缕残魂！停云，落月，快拿九转金丹和万灵草！"

停云和落月不敢耽搁，急忙拿出丹药仙草。姜子牙撬开哪吒的嘴喂他服下后，随即自己双眼一闭，晕了过去。

三天后，西岐。

一朵巨大的莲花生长在水池中央，金、蓝、红、紫、橙、青、绿七色宝气从莲花的根部升起，像手掌一样将哪吒托举在空中。

水池边，李靖凝视着哪吒，眼睛布满血丝，眼角的泪痕还没有干。在接到消息后的第一时间，他便火速从陈塘关出发，快马加鞭赶到西岐，已经三天三夜没有合眼了。

他怒目圆睁，像是要喷出火来，一步踏上前，紧盯着姜子牙，声音低沉而冰冷："太师，你当初答应过我，哪吒在你这里不会有事。但现在呢？"

姜子牙缓缓叹了口气，神色复杂。他望着哪吒，语气沉重："李总兵，惭愧，我确实没有护好哪吒。这一战，申公豹蓄谋已久，我也没想到开天珠与招魂幡竟被他炼化到了一起。若非哪吒拼死一战，我们恐怕已全军覆没。"

"我不在乎这些！"李靖怒喝道，双手紧紧握拳，指节发白，"我只要我的儿子活着！好好地活着！"

空气一时陷入沉默。半晌，姜子牙才缓缓开口，声音里带着一丝愧疚："李总兵，这件事是我的疏忽，日后一定会想办法补偿。但眼下最重要的，是救哪吒。"

李靖深吸一口气，强压下胸中翻腾的怒火。他当然明白这个道理，可他毕竟是哪吒父亲，曾经失去过亲人，无法再承受第二次这样的悲痛。

"你是说，吒儿还有救？"李靖声音低哑，眼中闪出一丝光亮。

"这七色宝莲是我从女娲娘娘那里借来的，是补天神石制成的法器。不过，即便是这样的神器，也只能护住哪吒的最后一缕魂魄。想要救活，还要靠你。"

"快告诉我怎么做！"

姜子牙沉吟片刻，脸上写满犹豫。李靖踏步上前，抓住他的肩膀，声音嘶哑地吼道："快告诉我，只要能救活吒儿，无论做什么我都愿意！"

"好！"姜子牙一跺脚，指着天空说，"今夜彗星凌月，鬼门大开，我做法将你送入地府。"他说着拿出一个金色罗盘，罗盘中间有个指针，"这个罗盘会告诉你哪吒魂魄所在位置，你要找到他并将他带回，不过……"

"不过什么，你快说！"

"不过，你们要在天亮之前返回人间，否则就会被困在地府。"姜子牙看了一眼李靖，拿出一张画着公鸡的符递给他，眼中闪过一丝不忍，一脸担忧地继续说，"地府中鬼怪横行，妖魔遍地。你一介凡人，去了后恐怕凶多吉少。李总兵三思呀……"

"不用三思！为了吒儿，就算是上刀山，下火海，我也要去！"

"记住，鸡叫三声，你就要马上回来！"

第二章

重塑金身

第五节　鬼门，开！

深夜。

乌云散去，苍穹之上，一颗璀璨的彗星拖着长长的尾焰缓缓滑过天际，与高悬夜空的明月交相辉映。彗星的光芒冷冽而锐利，如同一柄撕裂黑暗的神器，又仿佛是冥冥之中的引路灯火。

姜子牙仰头望天，神色凝重。他手持打神鞭，立于西岐城外的一座祭坛前，身后是停云、落月。

"彗星凌月，阴阳交汇，鬼门即将开启。"姜子牙低声喃喃，随即转身看向李靖，"李总兵，你可准备好了？"

李靖深吸一口气，眼神坚定如铁："我已经准备好了。太师，开门吧！"

姜子牙不再多言，他展开一卷暗金色的符篆，随即盘腿坐下，双手快速掐诀，口中念念有词："天地阴阳，玄门正宗。阴司听令，开！"

随着话音落下，他手中符篆猛然燃烧，化作一道璀璨的金光冲天而起，随即猛地落向地面，宛如一颗流星砸入大地。

"轰——"

大地微微颤动，一扇猩红色的大门在黑暗中缓缓出现，大门缓缓打开一道缝隙，里面幽雾弥漫，仿佛连接着另一个世界。森然阴风从缝隙之中席卷而出，让在场之人都忍不住打了个寒战。

鬼门，开了！

李靖站在鬼门前，深吸一口气，猛地踏入其中，身影瞬间被黑暗吞噬。

"李总兵！"停云下意识地想追上去，但被姜子牙伸手拦住。

"不可。"姜子牙摇头，"阴阳有别，他一个凡人能进入地府已是逆天而行，若是再有阳世之仙跟随，恐怕会引起更大的灾祸。"

停云咬紧牙关，眼中满是担忧，但终究没有再踏出一步，只能看着那扇猩红色的大门缓缓闭合……

自从被哪吒救下后，停云、落月便对这个孩子心存感激。今天见到李靖为救哪吒，将自己的生死置之度外，又产生了浓浓的钦佩之情。

"师父，李总兵会回来吧？他一定能把哪吒带回来吧？"落月看着李靖消失的地方，满脸担忧。

"天道无常，每个人都有自己的命数。我一个老头子，哪里知道这些事情呢？"

"师父！"落月一跺脚，"你说会的，一定会的！"

"好，一定会的，我相信李总兵！"

"这次多亏了哪吒，不然咱们恐怕都回不到西岐了。"停云感慨地说。

"是呀！对了，师父，哪吒为什么会忽然变成巨人，还那么厉害，一拳就能把申公豹打败？"落月问。

"这个要等哪吒醒了才能知道。"姜子牙说着拿出一面镜子，"这是太虚幻镜，能够看到李总兵的情况。"他说着就往里面注入金光，镜子立刻亮了起来，能看到李靖正在悬崖边的一条小路上，贴着石壁行走，下面就是翻滚的岩浆……三人一下子心都提到了嗓子眼。

"轰隆！"

李靖头顶落下一块石头，多年养成的战斗本能让他十分灵敏地感知到危险，身子一斜躲了过去。石头掉入岩浆，瞬间熔化，冒出一股黑烟。

李靖抹了一把额头的汗。地府中岩浆遍地，温度实在太高。他重新调整身形，一步一步向前挪动，不远处就有一个稍大的平台，到那里就可以稍微休息一下了。

"呼……"

李靖又走了几步，汗如雨下，落入铠甲中，浑身衣服已经湿透了。他又累又渴，靠着石壁喘着粗气，想要把铠甲脱掉，又担心妖鬼突袭时没了防护。正左右为难时，平台上出现一个身穿红色衣服的熟悉身影："爹爹，吒儿在这里呢！"

李靖的心狂跳，死死盯着平台上的哪吒，生怕这是自己的幻觉。哪吒依旧是他记忆中的模样，身穿红衣、双眼明亮，带着孩童特有的稚气，可脸上却多了一丝沉静与坚忍。

"吒儿！"李靖颤抖着喊道，声音嘶哑而激动，泪水顺着脸颊滑落。他猛地迈出一步，却因脚下湿滑，一个踉跄，险些跌入岩浆。哪吒见状，赶紧出言提醒："爹爹，小心！"

李靖深吸一口气，重新稳住身形，紧贴着石壁缓缓移动。他的手心满是汗水，每一步都像是踏在刀尖上，炽热的岩浆在脚下翻滚着，热浪一阵阵扑来，灼烧着他的全身，让他几乎无法呼吸。但他全然不顾，只盯着前方的哪吒，一步一步向前挪动。

"爹爹，不要急，慢一点。"哪吒柔声说道，伸出手想拉他一把，但距离还差了一点。

李靖咬紧牙关，深知自己不能操之过急。好在多年的战场历练，让他养成了处变不惊的性格。他重新调整呼吸，稳住脚步，一步一步向前挪动，终于踏上了那片平台，整个人立刻扑向哪吒，紧紧抱住。

"吒儿……"李靖的手掌颤抖着，轻轻抚摸哪吒的头，仿佛要确认他是真实存在的，"爹爹终于找到你了……"

哪吒也紧紧抱住李靖，眼眶微红："爹爹，吒儿知道，您一定会来接我的。"

李靖心头一动，眼泪"哗"地涌了出来，握着哪吒的手更紧了几分，坚定地说道："无论如何，爹爹都不会放弃你！就算拼了这条命，也要把你带回去！"

哪吒抬起头，看着李靖坚定的目光，鼻子一酸，轻轻点了点头："好，爹爹，我们回家。"

李靖擦了擦眼泪，拔出长剑，目光沉着地望向四周："吒儿，我们得尽快离开这里，天亮之前，我们必须回到阳间！"

哪吒也点头道："爹爹，我知道怎么走，这几天我见到了很多阴司鬼差，他们告诉了我一条回去的路。"

"好孩子，我们走！"

父子二人对视一眼，李靖牵起哪吒的手，迈步向黑暗深处走去……

李靖跟着哪吒往前走了一段，听到不远处有水声。他又热又渴，拉着哪吒快步走了过去。穿过一条小径，砍翻几只小鬼，只见一块巨石上架着一口铁锅，锅里的水正咕嘟咕嘟地翻滚，冒着热气。

李靖口干舌燥，几步冲了过去，双手捧起水就要喝。凑到嘴边时他忽然一愣，转头看着哪吒，转身快步走过来，将水捧到哪吒面前说："吒儿，你一定很渴了吧？你先喝。"

哪吒赶紧摆手："爹爹，你先喝，吒儿不渴。"

"你先喝，你喝了爹爹才喝。"

哪吒拗不过，只得"咕咚咕咚"灌了几口。李靖甩甩手说："爹爹先打一壶水，这样就不怕没水喝了。"

他伸手去怀里往外拿水壶时，罗盘也跟着"当啷"一声掉了出来。

"哎呀，还没老就笨手笨脚的。"李靖自嘲道，低头去捡罗盘，忽然脸色一变——罗盘的指针指的竟是大锅！

他心中一震，斜眼看向哪吒，这才看出一丝古怪：这孩子虽然和哪吒长得极像，但额头有一缕黑气，表情冷漠，眼神空洞，绝对有问题！

李靖心念电转：这阴曹地府，不知道是什么怪物化成了哪吒的样子，还是先不要声张为好，看看他有什么目的，而且这水说不定也有问题。

"好孩子，"李靖深吸一口气，收起罗盘，调整好表情，这才起身道，"地府的水是什么味道？"

"甜甜的，凉凉的。"那哪吒此时已经换成了一副调皮的样貌。

"爹爹也尝一口。"李靖走到锅前，"咕嘟咕嘟"灌了一壶水，把水壶挂在腰间。

"爹爹怎么不喝呢？"哪吒几步走上来，眼睛紧紧盯着李靖问。

"一会儿再喝吧。"

"不行，爹爹现在就得喝。不喝的话，一会儿晕倒了怎么办！"哪吒伸手夺过水壶打开盖子，递到李靖面前。

"看来是这水有问题。"李靖心里暗暗想着，一手接过水壶，另一只手已经按到了剑柄上，却还是有些吃不准，不敢贸然出剑。

"快喝！"哪吒的声音忽然变得尖厉起来。

"果然有问题！"李靖不再迟疑，将水壶"啪"地朝"哪吒"面门甩出，"唰"一声拔出宝剑，抬手便向他刺去。

"哼哼！"

"哪吒"发出一声刺耳的奸笑，身形往后急退，转眼变成了一只瘦骨嶙峋、皮肤幽蓝、头生双角的怪物，开口说道："好你个李靖，竟然被你看穿了！"他随手一挥，手中便多了一把冒着绿鬼火的叉子，"可惜，可惜，没能让你喝下这九幽玄水，不然鬼爷至少能增加五十年修为。"

"妖鬼，竟敢冒充我家吒儿，纳命来！"

李靖怒喝一声，手中宝剑寒光乍现，剑锋上隐隐缭绕着一道金色光芒。他猛然跃起，长剑直刺那妖鬼心口。

"哼！李靖，你区区凡人，也敢与本鬼爷动手？"那妖鬼怪笑一声，手中绿火叉伸出，重重挡住剑锋。

"当！"

一声巨响，火星四溅，震得李靖手腕微麻。他心中暗道"不好"，没想到这妖鬼力气竟然如此之大！

妖鬼见一击逼退李靖，得意地舔了舔尖利的牙齿，阴森森地笑道："你这凡人倒是警觉，可你以为这样就能逃得出我的手掌心？"话音未落，他手中叉子猛地旋转，化作一道绿火冲向李靖。

李靖不敢大意，脚步一点，身形向后一闪，同时长剑横扫，一道剑气划破黑暗，与绿火相撞。空气中"轰"的一声爆响，阴风四起，鬼气森森。

"哼，鬼魅伎俩，也敢在我面前嚣张？"李靖冷哼一声，稳住身形，双手持剑，周身隐隐泛起一层淡金色的光芒。这是他多年征战所积累的浩然正气，对妖邪鬼物最具威慑。

妖鬼眯了眯眼，露出一丝忌惮之色。随即他咧开嘴，露出一排森白獠牙，怪笑道："李靖，我承认你有两把刷子，可你知道这是什么地方吗？"

话音刚落，四周阴风骤起，空气中传来阵阵低沉的呢喃声。那些声音仿佛来自地狱深处，带着无尽的哀怨与诅咒。紧接着，周围的黑暗中，一双双幽绿的眼睛缓缓睁开，他们瞬间被无数鬼影包围。

李靖心一沉，紧握长剑，周身的金光越发耀眼。面对这些阴魂，他丝毫不惧，大喝一声："吒儿等我！"眼神坚定，猛然一步踏出，将全部力量注入手中长剑，猛然挥出，一道金色剑气破空而去！

妖鬼见状咧嘴一笑，露出狰狞的笑容："李靖，这里可是幽冥深渊，你觉得自己还能活着离开？"

"斩！"

金光穿透黑暗，直劈向妖鬼。周围的鬼影沾染到金色剑气，如同滚汤泼雪，瞬间消散。妖鬼没料到李靖有这样强大的战力，大叫一声"不好"，转身想逃。李靖再次挥剑，金色剑气随之而去，将妖鬼斩落，化成一缕青烟。

"呼！"李靖本来就已十分劳累，这场大战几乎耗费了他全部心神。他一边用宝剑撑着身体大口呼吸，一边警戒地看着四周。

"啪嗒！"

真是怕什么来什么。李靖还没有恢复气力，一只蓝色妖鬼又跳了出来。

"啪嗒！""啪嗒！"

......

不，不是一只，是好多只！一只只妖鬼手握钢叉，从崖上的阴影处一一跳下，将李靖团团围住。

李靖心下一惊，举起长剑准备再战，却双手颤抖，竟连拿剑的力气也没有了，长剑"哐当"一声掉落在地。

"吒儿，爹爹无能，就此永别了！"李靖长叹一声，泪如泉涌，"也罢，既然天命如此，那我李靖不如就多杀几只妖鬼！"

他一声怒吼，脚在地上重重一跺，长剑发出一声龙鸣般的嗡嗡声，似乎在回应主人，随后"唰"一声从地上飞到李靖手中。

"你们一起上吧！我李靖只会战死，绝不会后退半步！"李靖前踏一步，双手握剑，眼中杀气腾腾！

第六节　参见鬼王大人！

就在李靖抱着必死的决心，准备和妖鬼们决一死战时，一只妖鬼后面忽然跳出一个身影，一脚把他踢飞，正好头朝下栽在李靖面前。

紧接着，一个无比熟悉的身影跳了出来，冲着一只妖鬼的屁股又是一脚，将其也踢飞了出去。"你们找死啊，敢对小爷的老爹不敬！"

全场妖鬼全都吓得一哆嗦，齐刷刷地跪了下去，齐声喊道："恭迎鬼王！"

李靖吃了一惊——眼前的人，不正是自己苦苦寻找的哪吒吗！

下一刻，哪吒从阴影中跳了出来，冲着李靖做了个鬼脸："老爹，你怎么来了？这里可不是你该来的地方。"

"吒儿？！"李靖几步上前，又猛地站定，眼神中有七分激动，三分怀疑。

刚才的事让他多了一丝警觉。他赶忙从怀中摸出罗盘，指针一阵颤动，直直地指向眼前的孩子。

"吒儿，真的是你！"李靖快步跑到哪吒身边，蹲下身仔仔细细地打量着他，双手不自觉地颤抖了起来。

"当然是我啦！"哪吒笑嘻嘻地一摆手，"不过嘛，我现在可是鬼王了！他们不敢惹我，也不敢惹我爹！"

跪在地上的妖鬼们身子都在发抖，头低得更低，生怕被哪吒瞧见。

李靖皱紧眉头，扫了一眼旁边瑟瑟发抖的妖鬼，深吸一口气，才问道："吒儿，这到底是怎么回事？"

"没什么，被我打服了呗！"哪吒举起拳头在空中挥了挥，妖鬼们立刻大喊：

"鬼王威武！"

"鬼王万岁！"

……

李靖一时间愣在原地，不知道该哭还是该笑："你没事就好，爹爹是来带你回去的。"

"回去？"哪吒歪着头，神色黯然，踢了一脚地上的石子，才说，"我已经是个死人了，回不去了。爹爹你快回去吧，这里不是你该来的地方。"

"吒儿，你的肉身并没有死，还有一缕残魂留在阳间。爹爹带你回去，一起去找娘亲好不好？"

"真的吗？"哪吒眼中闪过一丝希望的光芒，但随即又低下了头，声音沮丧，"可是……我已经是鬼了，就算回去了，也不能像以前一样了吧？"

李靖轻轻拍了拍哪吒的肩膀，眼神坚定："吒儿，只要走正道，人和鬼又有什么分别呢？"

哪吒咬了咬嘴唇，心中的情绪翻涌不定。他低头看了一眼那些跪在地上的妖鬼，目光里透着不舍："可是……如果我走了，他们怎么办？我已经是这里的鬼王了，他们都听我的，我若不在，牛头和马面那两个家伙又来欺负他们怎么办？"

李靖一愣，没想到哪吒会有这样的想法。他沉思片刻，认真地说道："吒儿，你说怎么办，爹爹跟你一起！"

哪吒紧紧握住拳头，眼中闪过一丝激动："真的吗？"

"当然是真的！"李靖紧紧握住哪吒的手，眼神坚定。

哪吒回头扫了一眼那些妖鬼，郑重地说道："听着，咱们现在就去把牛头马面那两个家伙打败，以后就没有人欺负你们了！"他说着嘿嘿一笑，"当然，除了我。"

"鬼王万岁！"妖鬼们齐声叩拜，震得岩壁簌簌抖动。

就这样，哪吒在前，李靖在后，二人带着一群小鬼浩浩荡荡地向前进发，走了一会儿，就来到一条宽广的大河边。河水翻滚着，散发出一股浓烈的阴气，仿佛有无数鬼魂在水中挣扎哭喊。河面上不时浮现出一张张扭曲的面孔，随着波涛一起一伏，眼神里满是痛苦与不甘。

李靖皱紧眉头，警惕地扫视四周，手按在剑柄上，低声问道："吒儿，这是条什么河？"

哪吒抱着手臂，撇了撇嘴："这是幽冥界最有名的'忘川河'，要过这条河，必过奈何桥。所有鬼魂都要喝一碗孟婆汤，才能投胎转世。"

李靖目光一凛，沉声道："那我们怎么过河？"

哪吒挠了挠头，望向河对岸，突然一拍手："哎呀，差点忘了！摆渡人呢？平时都有渡船的啊！"

他扯开嗓子喊道："喂！摆渡的呢？快出来！"

话音刚落，河水忽然剧烈翻腾，一个身披破烂斗篷的老者从水雾中缓缓显现。他一手撑着一根长篙，立在一叶小舟上，阴森森地开口："何人敢在忘川河喧哗？"

李靖不由自主地握紧了剑柄，而哪吒却大大咧咧地往前一站，叉着腰道："是小爷我！我们要过河，快点摆渡！"

那老者掀起斗篷帽子一角，露出半张形如枯槁的脸，眼窝深陷，嘴角扯出一丝冷笑："想要渡河？呵……那得先问问河神答不答应！"

哪吒也不废话，双脚蹬地一跃而起，稳稳落到船上，抓起老者的衣领将他提到空中，朝着脸一拳砸下。"少给我装神弄鬼的！"

"砰！"

老者被哪吒一拳砸得晕头转向，斗篷下露出一张干枯如树皮的老脸，眼珠子都险些飞出来。他的长篙在空中滑过一道残影，"扑通"一声掉进了河里，吓得那张老脸瞬间扭曲，惨叫道："慢着！慢着！小爷饶命！"

哪吒抓着他的衣领，恶狠狠地瞪着他："快摆渡！再敢废话，小爷把你的船当木柴烧了！"

李靖惊得目瞪口呆，没想到哪吒在阴间也这样强横。

他正要开口劝阻，那老者却哆哆嗦嗦着点头，连连求饶："摆！摆！马上摆！鬼王大人要渡河，岂敢怠慢！"他赶忙伸手一指，只见那根失去控制的长篙在水里翻滚几下，竟自己弹了回来，稳稳落入他的手里。

哪吒这才哼了一声，松开手，老者掉到船上，连忙理了理被扯歪的斗篷，低着头站在船头，生怕再挨上一拳。

他摇动长篙，黑色的小舟缓缓向河中心驶去，四周黑雾弥漫，阴风阵阵。

李靖上了船后，仍然警惕地握着剑柄，眼神扫视着四周。哪吒则坐在船头，晃着小腿，嘴里嘀咕道："这些东西，就喜欢装神弄鬼，打一顿就好了。"

众妖鬼也都跟着上了船。这船也奇怪，看上去很小，但无论多少鬼上来，都能坐下。

老者低声道："鬼王大人果然不同凡响，竟连这忘川河都无惧……"

哪吒撇了撇嘴："少废话，快点划！我们要把牛头马面那两个家伙暴打一顿！"

老者听罢，脸色微微一变，长篙微微一顿，惊讶道："牛头马面？"

哪吒眉头一挑，刚要开口，忽然，整条船猛地剧烈晃动起来！

"轰——"

河水猛然炸开，一只无比巨大的鬼爪从水底伸出，带起阵阵阴风，狠狠抓向小船！哪吒拉着李靖一个跳跃，堪堪躲过这突如其来的攻击。

紧接着，一个巨大的牛头从水中浮现。

"好一个黄口小儿，竟敢挑衅本尊！"

"不好，牛头来了！"众妖鬼惊叫一声，纷纷向河水中跳去。牛头巨爪连挥，抓起妖鬼直接囫囵吞进口中。

"呵！"

摆渡人嗤笑一声，阴森森地说道："小崽子，竟敢打我，今天就让你葬身忘川。"

老者话音刚落，船的另一边又从河水中升起一个巨大的马首人身的怪物。

"牛头马面！"李靖心中一震，知道这两个怪物战力惊人，几乎是阴间最强战士。再加上这个阴险的摆渡人，这次恐怕要凶多吉少了。

他正寻思间，牛头忽然怒吼一声，一拳向船上砸来。马面也紧随其后，形成左右夹击之势。

哪吒拉起李靖，竟朝着牛头的巨拳迎了过去。"来吧，让我看看你们有什么能耐！"

"吒儿不可！"李靖抽出宝剑，但为时已晚。

"蚍蜉撼树，不自量力！"摆渡人冷笑一声，只等这个不知天高地厚的小儿命丧当场。

"大王！"众妖鬼齐声惊呼。

就在大家都以为哪吒要被砸成肉泥时，他忽然双脚在牛头拳上连点，借着巨大的冲击力冲向空中，一把抓住牛角，双脚在牛头上用力一蹬，飞速跃过忘川河，稳稳落在岸边。

"轰！"

再看河中，马面一时收不住拳势，一拳结结实实地砸在了牛头脸上，把他小山一样的身躯打得倒退数步，搅得河水浊浪连天。

"大王威武！"

"大王霸气！"

众妖鬼齐声喊道。

"吒儿，爹爹真是对你刮目相看，你什么时候变得这么厉害了！"李靖看着哪吒，又惊又喜。

"这个嘛，"哪吒用大拇指抹了一把鼻子，神气地说，"这些天在这个鬼地方，我都打了上百场架。"

"卑鄙！"牛头大喝一声，震得河水倒流。

"无耻！"马面大喝一声，惊得众鬼倒地。

两人被哪吒摆了一道，气不打一处来，"咚"的一声跳到岸边，抬起脚向哪吒和李靖踩了下去。

"快跑！"李靖看到牛头和马面怒火中烧，两只脚如同两座大山般压来，心中一阵紧张，立即拉住哪吒往旁边躲避。

"没事，看我的！"哪吒轻松一笑，一把抓住李靖，将他扔到崖边巨石上，让他远离战场。

然后自己轻松一跃，从四只大脚的空隙间跳了上去，正好站在牛头脚背上。

"来踩我呀！"哪吒抬头冲马面做了个鬼脸，笑嘻嘻地挑衅道。

"气死我了！"

马面怒吼一声抬蹄就踩，哪吒轻轻一跃，又跳到了牛头的另一只蹄上。

"轰！"

牛头被马面结结实实地踩了一脚，痛得捂着蹄跳了起来，震得地面一阵剧烈晃动。

"好笨好笨！"哪吒又做了个鬼脸，笑嘻嘻地说。

"卑鄙！"

"无耻！"

两个怪物怒不可遏，向哪吒攻了过来。他们手中的巨斧和大叉不断舞动，有若雷霆之势。

每次落下，地面都颤抖一阵，如同山崩地裂。但哪吒却像一阵风，轻松地避开了每一次攻击。

"噼里啪啦！"

"乒乒乓乓！"

"叮叮咚咚！"

牛头和马面无论如何攻击，哪吒总是能找到间隙躲避，灵活地跳来跳去，滑溜得像条泥鳅。这就像大象和蚂蚁战斗一样。大象虽然大，能够轻易踩死蚂蚁，但蚂蚁只要爬到它身上，大象就什么办法也没有了。

"好笨！"

"好蠢！"

"小爷在这里呢！"

甚至有时候，哪吒还会主动出击，利用强大的反弹力跳到敌人身后，瞬间偷袭。李靖和众妖鬼看得目瞪口呆，从没想过战斗会以这样的方式进行。

牛头马面愤怒至极，一对眼神，牛头怒喝一声，高高举起钢叉朝哪吒刺去，一阵罡风刮起，将哪吒死死定在原地。

"快！"

牛头大喊一声，马面双手抓着兵器，用尽全身力气朝哪吒插了下去。

"轰隆隆！"

兵器在地上砸出一个大洞，地动山摇，就连忘川河也激起几丈高的巨浪。

整个世界都安静了。

"吒儿！"

"大王！"

但下一秒，一道身影从尘土飞扬的坑洞中冲天而起。

"就这点能耐？"哪吒悬停在半空中，拍了拍身上的尘土，脸上仍然挂着嘲讽的笑容。

牛头马面哪里知道，就在兵器接触地面的一瞬间，哪吒力灌双脚，借着罡风硬生生在地上踏出一个大洞，钻了进去，兵器根本没有打到他。

牛头和马面愣了一瞬，眼中满是不可思议。方才那一击，可是他们用尽全力的一招，别说一个小儿，就算是真正的鬼王亲至，也得避其锋芒！

可这个小鬼，不但毫发无损，反而像是根本没把他们的攻击放在眼里似的！

"你……"牛头咬牙切齿，刚想开口，哪吒已然如流星一般冲了过来。

"轮到我了——"

他的身形在半空中一旋，双脚猛地蹬向牛头的胸膛！

"砰！"

这一脚轰然落下，牛头硕大的身躯竟然被踹得连连后退，巨大的牛脚在地上犁出深深的沟壑，直到撞翻了一座巨大的界碑才停下。

马面见状，厉啸一声，举起兵器朝哪吒猛刺过来！

哪吒目光一凝，身形在空中微微一侧，险而又险地避开了这一击，紧接着，他单手握住兵器，借力跃起，翻身来到马面的头顶，双腿猛然夹住马面的脖颈，整个人像陀螺一样高速旋转起来。

"给我——滚下去！"

伴随着一声怒喝，哪吒猛地一扭腰身，一脚跺向马面头顶。马面只感到一阵头晕目眩，轰然倒地。地面被砸出一个巨坑，碎石纷飞，烟尘四起。

哪吒轻飘飘地落在坑边，居高临下地看着趴在坑底的马面，挑了挑眉："怎么这么快就趴下了？"

马面眼神中透出震惊、恐惧，剧烈地喘息着。他挣扎着想要起身，却感觉浑身的骨头像是要散架了一般。

牛头这时也缓过神来，怒吼着挥舞巨斧冲了过来："小子！受死吧！"

哪吒不退反进，猛然迎上牛头，双脚在巨斧上连点，借力身形腾空，飞到牛头的头顶，双脚稳稳地落在那巨大的牛角之上。

"你这臭脾气，动不动就喊打喊杀的，真是不长记性。"哪吒咧嘴一笑，抬起拳头，对着牛头的脑袋狠狠砸下。

"砰！"

一拳！

牛头的脑袋猛地一沉，差点跪倒在地。

"砰！"

又是一拳！

牛头双膝一软，巨大的身躯摇摇欲倒。

哪吒见状，干脆一屁股坐在牛头的脑袋上，举着拳头笑道："怎么，扛不住了？刚才不是挺威风的吗？"

"吼！"

牛头怒不可遏，猛地甩头，想要将哪吒甩飞。哪吒却像是长在了他头上一般，顺着牛头的动作稳稳站立，丝毫不受影响。

"别挣扎了，越挣扎越难看。"哪吒悠闲地晃了晃脑袋，忽然一脚踏在牛头的鼻梁上，猛地翻到牛头后面，双手抓住他的牛角，用尽全力猛然一扭。

"咔嚓！"

牛头的脖颈发出恐怖的碎裂声，硕大的身躯顿时失去平衡，朝着地面狠狠摔去。

"轰！"

地动山摇，尘土飞扬！

哪吒潇洒地落地，拍了拍手掌，看向还瘫在坑里的马面："怎么样，还要继续打吗？"

马面目睹了牛头惨败的一幕，嘴角抽搐，心中已然生出了退意。他挣扎着站起身，双目死死地盯着哪吒，语气低沉："你到底是什么怪物……"

哪吒挠了挠头："你们不是妖鬼吗？怎么还怕怪物？"

牛头挣扎着想要起身，哪吒却一脚踩在他的脑袋上，轻松将他踩回了地面。

"老老实实地躺着吧，你们是打不过我的。"哪吒笑眯眯地说，神情得意。

牛头马面对视一眼，眼神里终于流露出了惧意。

忘川河畔，鬼风呼啸。但此刻，所有妖鬼都噤若寒蝉，目光中透着浓浓的惊恐。

"叫鬼王大人！"

"鬼王大人！"众妖鬼齐呼。

哪吒转头看着牛头马面，笑嘻嘻地说："你们怎么不叫？"

"鬼王大人……"牛头马面有气无力地喊了一声。

"这还差不多。"哪吒撇撇嘴，指着众妖鬼说，"你们两个看清楚了，这些都是我的小弟，以后罩着点他们，听见没有！"

"听见了，鬼王大人。"牛头马面不敢怠慢，连连答应。

"还有你！"哪吒又转头望向摆渡人，"以后我这些小弟坐船，全都免费，听到没有！"

"是、是、是。"见识了哪吒的本领，摆渡人哪敢说一个"不"字。

"吒儿，你真是……"李靖这时也走了过来，眼中满是欣慰，想了半天才说，"你真是太厉害了！"

哪吒嘿嘿一笑，仰起头得意地说："那当然啦！"

"精彩，实在是太精彩了！真是好手段！"

就在这时，不远处忽然传来一阵掌声。紧接着，一个穿着盔甲的猴子拍着手走了过来。

"什么人？"李靖在这里已经被吓怕了，有些草木皆兵，抬手便要拔剑。

"自己人，自己人！"哪吒见那猴子走来，立刻笑嘻嘻地迎了上去，"猴哥，你的事办得怎么样了？"

那猴子往石头上随意一蹲，挠了几下脸上的绒毛，说："办好了，那阎王老儿真是个废物，花果山的生死簿全都被我画了一遍。"他哈哈笑了一阵，突然挠头又说，"哎呀，兄弟，忘了问你要画掉什么人了！"

"没事，没事，咱们一会儿一起过去。"哪吒摆摆手，"猴哥，给你介绍一下，这是我老爹，陈塘关总兵李靖。"

"李靖，"猴子抬起毛手，学着人的样子作了个揖，眼珠子滴溜溜地转了几圈，想了半天才说，"李靖是个好名字。"李靖赶忙回礼。

哪吒又转向李靖说："爹爹，给你介绍一下，这位是花果山的美猴王，熏悟空。"

"什么熏悟空？"猴子怪叫一声，气呼呼地说，"孙！孙悟空！"

"哈哈，"哪吒大笑一声，"你这大门牙怎么长出来了？不漏风就是不一样。"

李靖和孙悟空也跟着笑了起来。

"走，带你们画生死簿去！"孙悟空拉起哪吒的手，就要带他去再大闹一场。此刻，从李靖的怀中却忽然传出三声鸡叫，正是那张符发出的声响。

"李靖，你还会鸡叫呢？"孙悟空回头看了一眼李靖，饶有兴致地问。

"并非如此，"李靖拿出符咒说，"鸡叫三声，代表天已经亮了，我和吒儿要立刻返回阳间。"

"天亮了？"孙悟空抓了抓耳朵，抬头望了望，只看到一片黑压压的鬼气，嘴里嘟囔道，"奇怪，我在这阴间也不知待了多久，竟没注意这茬。"

"猴哥，我先回去，等有时间再来陪你玩！"哪吒哈哈一笑，挥了挥拳头。

孙悟空撇撇嘴："玩？俺老孙可不是来玩的！俺还有好多事要办呢！"

"猴哥，那你接下来打算去哪儿？"哪吒好奇地问。

"俺听说那东海龙宫有不少宝贝，正想去看看呢！"孙悟空嘿嘿一笑，眼里透着兴奋，"等俺凑齐了家伙，再回来陪你折腾这阴司地府！"

哪吒哈哈大笑："那好，咱们就这么说定了！"

李靖在一旁听得冷汗直冒——东海龙宫的宝贝？这猴子怕不是要闯大祸了！但此刻他也顾不上这些，天已经亮了，他们必须立刻返回阳间。

"吒儿，我们该走了。"李靖沉声道。

哪吒点点头，朝孙悟空挥了挥手："猴哥，后会有期！"

"后会有期！"孙悟空咧嘴一笑，露出一口大白牙。

"老头，快把我们送到阳间！"哪吒朝着摆渡人大喊一声。对方不敢怠慢，立刻把船撑了过来。哪吒和李靖一跃而上。

"大王慢走！"众妖鬼齐声送行。

"兄弟，后会有期！"孙悟空摆摆手。

"你小子有实力，俺们佩服，也叫你一声大王！"牛头马面也一起道别。

摆渡人撑起船篙，猛地用力一撑。忘川河荡起一圈圈波纹，眨眼之间，他们就一起消失了。

孙悟空看着哪吒消失，咂了咂嘴，自言自语道："那小子倒是挺有意思的，比那些神仙强多了！"说罢，他一个筋斗翻上高空，消失得无影无踪。

西岐。

太阳刚在天边露出第一道曙光，晨雾尚未散去，空气中弥漫着湿润、清新的气息。沉睡了一夜的西岐城逐渐苏醒，鸡鸣声此起彼伏，打破了清晨的寂静。

忽然，两道金光从天而降。一道直直地射向池中七色宝莲，钻入哪吒体内。另一道射向岸边，化作一道身影，正是刚从阴间归来的李靖。

"呼——"哪吒长舒一口气，伸了个懒腰，"终于回来了！还是阳间的空气好啊！"

池边，姜子牙抱着一面大镜子，停云、落月站在旁边，一脸震惊地看着眼前的哪吒。他们三人一夜没睡，看了一整场精彩的演出，已经说不出话了。

"哪吒，你真是太厉害了……"停云说。

"哪吒，有机会带我去地府玩玩……"落月说。

"花果山也行……"姜子牙说。

"你们怎么知道的？"哪吒挠挠头，好奇地问。

停云和落月同时指向镜子，解释了事情的前因后果，尤其是李靖不顾自己的生死也要到地府去救人，让他们十分感动。

哪吒眨了眨眼，似乎还没完全反应过来："等等，你们的意思是……你们从头到尾都在看戏？"

"可不是嘛！"落月兴奋地拍了拍镜子，"这可是师父的宝贝，能照见三界。我们三个一晚上都没合眼，就看你们的地府之行了。"

停云则满脸敬佩地看着哪吒："尤其是你打牛头马面那段，太精彩了！还有孙悟空，啧啧，你们真是不虚此行！"

"还有，我有个问题一直想问你，你是怎么变成巨人，把费仲揍翻的？"停云说着，还学着哪吒的样子挥了挥拳头。

"这个嘛……"哪吒挠着头，有些不好意思地说，"我也不知道自己是怎么变成巨人的，当时已经快被费仲打死了，忽然我那布老虎飞了出来，射出一道金光，我就变成了巨人，然后一拳把费仲打飞了……"

"原来是这样呀，这布老虎可真是个宝贝。"停云说。

姜子牙捋了捋胡子，嘿嘿一笑："老夫活了这么多年，头一次见到有人在地府搅得鸡飞狗跳，连阎王的生死簿都被画了个遍，真是长见识了。"

哪吒一听，顿时得意地叉着腰笑道："嘿嘿，那当然！"

然而，他刚笑完，忽然意识到不对，猛地一拍脑袋："哎呀，不好！"

"怎么了？"三人同时问道。

哪吒一跺脚："忘了问猴哥要个宝贝了！"

李靖和停云、落月对视一眼，顿时笑得前仰后合。

"哈哈哈——"

清晨的西岐城，笑声在池边回荡，仿佛这天地间所有的阴霾都被驱散了。

只有姜子牙满脸忧愁地望向西方，仿佛要看穿云层，越过山海……

　　"哪吒呀，真正的历练才刚刚开始，希望你一切顺利。"

第七节　金毛犼

　　乾元山位于西岐以西万里之外，群山绵延，云雾缭绕，如一条沉睡的巨龙横卧于天地之间。山势陡峭，崖壁如削，远远望去，苍翠欲滴，隐约可见飞瀑自山巅倾泻而下，溅起万千水雾，宛若人间仙境。

　　在乾元山的最高处有一座洞府，名曰金光洞。此洞乃是天地初开之时，由太阳精华汇聚而成，洞口嵌于绝壁之上，四周生长着千年不凋的奇花异草，空气中灵力充沛。洞口常年金光闪烁，晨曦初照时，光芒流转，如烈日悬空；夜幕降临后，仍有微光萦绕，如星辰点缀。

　　洞内别有洞天，玄妙无比。甬道宽阔，宛如天然雕琢，洞壁之上镌刻着繁复的符文，隐隐能看到金光闪烁。洞内深处，灵泉汩汩流淌，清澈见底，洞顶倒悬的钟乳石滴落甘露，落入泉中，泛起阵阵涟漪。据传，此泉乃是天地灵脉交汇之地，凡人饮之可延年益寿，修道者服用则可增长修为。

　　金光洞乃是阐教太乙真人的道场，相传是他苦修千年的圣地，传承无数道法神通。洞内设有三十六座玉石蒲团，四周供奉着各类古籍与道家法器，皆为上古遗存之宝。真人常年静修于洞内，潜心悟道，很少涉足尘世，唯有机缘深厚之人，方能踏入此地，得授仙法。

然而，尽管乾元山灵力充沛，仙韵流转，但山中并非一片祥和。据传，这片山脉之下镇压着远古妖王，偶有异象显现，山间怪风呼啸，宛若鬼哭狼嚎，因此，寻常修士不敢轻易踏足。

此刻，太乙真人正和弟子清风小道童下棋。

"师父，你怎么愁眉苦脸的？"清风落下一枚棋子，抬眼看着太乙真人。清风是个粉雕玉琢的小姑娘，看样子也就八九岁，一双大眼睛扑闪扑闪，脸蛋粉嘟嘟的，一笑还有两个小酒窝。

"我屈指一算，咱们金光洞马上就有一劫。"太乙真人是个高高瘦瘦的老头，须发皆白，脸色却十分红润，穿着一袭灰色破旧长袍，胸口还打了个补丁。

"难道是地下的妖王醒了？"

"不是，比妖王还可怕，是个混世小魔王……"太乙真人看着洞外，胡乱落下一子，清风立刻拍手笑道："师父你输了！"

太乙真人一看，才发现自己走了一步昏招，懊恼不已。他跟这个童子前前后后下了一百多年棋，还是第一次输。

忽然，洞外传来一阵巨响，整个山洞都跟着摇晃起来，洞顶的石子扑簌簌地不断落下，一颗石子不偏不倚地正砸在太乙真人的鼻子上。

"来了，他来了！"太乙真人捂着鼻子跳了起来，摆手对清风说，"你快出去，跟他说我不在！"说完便转身朝卧房小跑了过去。

"师父……"清风心里也打鼓，不知道外面是什么妖物，能让师父这样害怕，赶紧冲上去想拉住太乙真人，却发现他早已经不见了。下一秒，卧房的石门上闪过一道金光。"居然连困仙咒都用上了……"清风目瞪口呆，一时间愣住了。

"开门，开门！"外面传来两声大喝，紧接着又是两声巨大的撞击声。

清风深吸一口气，唤出飞剑悬在头顶，拿出九龙神火罩召出九条真龙护住全身，这才敢开口回话："大胆妖怪，竟敢叨扰真人圣地！"

"你说谁是妖怪！"外面传来一声怒喝，"敢说小爷是妖怪！"紧接着又是一阵巨响。

"轰隆隆！"

"太乙真人，我大老远跑来找你，你怎么跟缩头乌龟一样，我又不打你，怕什么！开门呀！再不开门，我把你这洞砸烂！"

"轰隆隆！"

"快去开门，你再不去，以后就不让你饮仙露了！"太乙真人的叫声从卧房传出，语气中满是慌乱。

"行吧……"听师父这样说，清风只好硬着头皮走到洞口。

"天地自然，秽炁分散。洞中玄虚，晃朗太元。开！"

清风念完咒语，洞口金光大盛，石门缓缓打开，一道金光冲天而起，映得整个乾元山璀璨夺目。清风眯起眼睛，定睛一看，只见门外站着一个孩子，身穿红肚兜，双手叉腰，正怒气冲冲地看着她。

"啊！"

两人同时惊叫一声。清风怎么也没想到，让师父怕成这样的人，竟然是个孩子。哪吒也没想到，开门的居然是个粉雕玉琢的小姑娘，立刻咳了两声，摆出自认为最帅气的造型，压低嗓音说："那个……太乙真人在吗？我有事找他。"

"师父……"清风转头看了一眼太乙真人的卧房，一脸为难地说，"师父他老人家出去了……"

哪吒一看就知道她撒谎了，冲清风眨眨眼，小声地说："你给我指一下，他在哪个房间。"又故意提高嗓门说，"哎呀，真是可惜，那我只能下次再来了。"说完又冲清风眨了眨眼。

清风会意，指了指太乙真人的卧房，说："那我们就此别过，有缘再见。"

哪吒做了个鬼脸，蹑手蹑脚地慢慢走到卧房门口，趴在门上听里面的动静。"呼，终于走了，不然真不知道怎么给姜子牙一个交代了。"

"好你个太乙！竟敢骗我！"哪吒突然大吼一声，一拳砸在石门上。饶是有仙咒保护，这一拳也砸得石块纷飞，地动山摇。

"出来！"哪吒大喊一声又要砸门，里面立刻传来求饶声："别砸了，别砸了，我出来还不行吗……"

"太乙，你为什么骗我，说！"太乙真人刚出来，哪吒立刻跳起来扯住他的耳朵。太乙吃痛，弯着腰低着头说，"小英雄，你先放开我，有话好好说。我也有苦衷呀。"

清风瞪大眼睛看着眼前的一幕，下巴都要掉在地上了。师父在她面前一直是仙风道骨的仙人形象，什么时候受过这种对待？难怪他之前吓成那样。

哪吒放开手，气冲冲地质问："快说！"

太乙真人揉了揉耳朵，龇牙咧嘴地说："姜尚仙符传音，说你肉身破碎，必须用昆仑玉髓滋养才能重塑。这宝贝原本确实在我这里，可是……"

"可是什么？"

"正好前几天被偷走了……"

"你骗谁呢？什么妖怪能在你这里偷东西？！"

"那个……"清风往前走了一步，嗫嚅道，"我证明是真的……这件事怪我，那天师父出门访友，我看门的时候睡着了……"

"这样啊……"哪吒立刻挤出笑脸，捏着嗓子说，"小妹妹，也不能怪你吧，谁没有犯困的时候呢？”

“小妹妹……”太乙真人看了清风一眼，又看了看哪吒，一时间不知道说什么好。

时间过得真快，转眼太阳落山，洞里暗了下来。清风随手一挥，墙上密密麻麻的符咒立刻亮了起来，把金光洞照得熠熠生辉。

“我明白了，”哪吒点点头说，“我听明白了，就是说，他出去访友，忘关门了。清风小妹妹睡着了，也没有关门，然后黄风怪溜进来，正好把昆仑玉髓偷走了？”

“哪吒哥哥，对不起……”清风快要哭出来了。太乙真人白了她一眼，十分无语。

“妹妹不哭，我去把宝贝抢回来就好了。”哪吒大声说着，把胸脯拍得震天响。

“现在的问题是，黄风怪躲到幽冥寒狱去了，那里镇压着一只强大无比、修行万年的金毛犼，连我都不敢进去……”太乙真人瞄了哪吒一眼，越说声音越小。

哪吒瞪了他一眼，怒气冲冲地说，“你都不敢去，难道让我去？！”

“这个嘛……”太乙真人脸上一阵青一阵白，“我再想想办法？”

“哪吒哥哥，你千万别去，那里太危险了。”清风看着哪吒，扑闪着大眼睛，用稚嫩的声音说道。

见清风这样说，哪吒冷哼了一声，说：“不就是幽冥寒狱吗？地府的牛头马面我都不怕！不说了，小爷亲自去一趟！什么金毛犼、银毛犼的，不值一提！”

“哪吒哥哥……”

“不用劝我了，今晚好好睡一觉，明天一大早我就去！”说完他就转身走进太乙真人的卧房，倒在石床上呼呼大睡起来。

太乙真人冲清风偷偷眨眨眼，悄悄竖了个大拇指。清风一脸担忧地看了眼卧房，说："师父，哪吒他能对付得了金毛犼吗？"

"唉！"太乙真人重重叹了口气说，"我也不知道。不过，那金毛犼虽然是上古妖王，但早已经被天尊重创，想来哪吒是有机会的。"

清风眉头紧皱，脸上的表情更加凝重："其实，我最担心的是，万一金毛犼已经把昆仑玉髓用了，哪吒岂不是九死一生？"

"他用不了！"太乙真人斩钉截铁地说，"一万年前，昆仑山上本住着太巫一族，可凭借天梯出入人神两界。后来，昊天上帝要区分人神，建立天道秩序，便斩断天梯，太巫一族中留在天上的入封神榜，留在地上的全都灰飞烟灭。这昆仑玉髓就是太巫一族花费上千年，利用神界灵力炼制的神药，神力充沛，百邪不侵，哪里是金毛犼那畜生能炼化的？"

"原来是这样。"清风点点头，眉头这才舒展开来。

太乙真人又叹了口气，抚着胡须说："天命自有安排，为今之计，也只有如此了。只要有灵力的人便不能入幽冥寒狱之内，我们想帮忙也帮不上，就连护身法宝他也用不了。"

"是呀。"清风换上一张笑脸说，"师父，徒儿又替你背了一口黑锅，你说哪吒要是知道玉髓是你弄丢的……"

"别、别说，千万别说！"太乙真人连连摆手，从怀中掏出一颗金色的丹药说，"这颗升元丹给你了。"

清风一把接过，笑嘻嘻地说："师父，你怎么这么怕哪吒呀？"

"哼！我哪里是怕他，我怕的是姜子牙，人家手里可有封神榜呢。"

"封神大战转眼就要来了，也不知道哪吒能不能塑完金身。"

"能，一定能！"

第二天，哪吒早早起床，胡乱吃了一些东西，喝了些甘露，顿觉神清气爽。太乙真人在地上睡了一夜，腰酸背痛，清风正在给他捶背。

见哪吒出来，太乙真人和清风领着他走进一座黑漆漆的洞窟，其间立着一块巨大的石碑，上面刻着"镇魔石"三个大字，正是通往幽冥寒狱的入口。

"这方镇魔石，是千年之前天尊为镇压绝世凶兽金毛犼所立。我在这里已经镇守千年，每日都要注入灵力，丝毫不敢松懈。"太乙真人看了一眼清风，继续说，"唉，连累我这徒儿也跟我一起受苦。"

清风连忙摆手，正要说话，太乙真人继续说道："千年之前，金毛犼祸乱世间，无人能敌。天尊借了昊天塔才把那畜生打成重伤，用捆仙锁锁在寒狱。金毛犼虽然受了伤，但绝不是一般人能对付的，加上黄风怪偷了昆仑玉髓，不知道下面情况如何，你千万要当心呀。"

"没关系，"哪吒拍拍胸脯，"我天不怕地不怕，还会害怕一只受了伤的畜生？快放我进去吧！"

太乙真人与清风对视一眼，催动法诀，双手结印，缓缓向镇魔石推去。只听"轰隆"一声，石碑上泛起一道道金色符文，紧接着，中央裂开一道狭长的缝隙，露出一条深不见底的幽暗通道，一股刺骨的寒气随即席卷而出，让哪吒打了个寒战。

清风忍不住提醒："哪吒哥哥，里面阴气极重，你可要小心。"

"放心吧，清风妹妹！"哪吒撇撇嘴道，"没了法宝，我一定要打得它满地找牙！"

说完，他头也不回地踏入黑暗之中，身影渐渐消失在幽冥寒狱的大门后。

镇魔石在他身后缓缓合拢，金光洞内恢复了寂静。

清风望着石碑，有些担忧地问："师父，他真的能行吗？"

太乙真人看着镇魔石，长叹了一口气，大袖一挥，镇魔石上出现两排金色的大字：

千年锁闭待封神，红衣小儿战邪魂。

金毛妖兽惊天地，镇狱封魔造化真。

"这是天尊当年留下的，掐指一算，到今天正好满一千年呀……"

"可天尊没说哪吒能不能打败那金毛犰。"

"天尊也并非无所不知，一切就看哪吒的造化了。"

迈入幽冥寒狱的瞬间，哪吒如坠冰窟，四周一片漆黑，唯有远处的岩壁上闪烁着幽蓝色的磷火，照出尖锐的冰锥。呼啸的阴风裹挟着凄厉的号叫声从远处传来，仿佛无数亡魂在哭泣，空气中充斥着腐朽与阴冷交织的气息，令人不寒而栗。

哪吒搓了搓手臂，哈了口气，冷意瞬间钻入骨髓，他不禁咧嘴道："哟——怎么这么冷，这是什么鬼地方！"

哪吒深吸一口气，寒气无孔不入，竟然连他的血脉都开始冻结。他眉头一皱，心知不妙，幽冥寒狱的极寒之力果然不容小觑，若是寻常人踏入此地，怕是顷刻间就要被冻成冰雕。

他不敢多做停留，沿着狭窄的幽深甬道前行，四周不时传来低沉的喘息声，似有什么东西潜伏在黑暗之中窥伺着他。哪吒警惕地扫视四周，忽然，脚下猛地一滑，竟是踩在了一块寒冰之上，瞬间失去平衡，整个人朝着深渊坠去！

"糟了！"哪吒猛然一惊，急忙双脚发力，想要稳住身形，但越是用力，脚下越滑，整个人眼看便要跌入深不见底的黑暗之中——

就在这时，一股阴冷的狂风卷起，他的身体猛地一顿，竟然是被一只巨大的鬼爪凌空拽住。鬼爪漆黑如墨，长满森白骨刺，指尖泛着阴冷的幽光，死死攥住了他的肩膀。

哪吒猛然回头，一双猩红的鬼眼在黑暗中缓缓睁开，伴随着低沉而沙哑的声音——

"好久，没闻到活人的味道了……"

声音如同锋利的冰锥刺入耳膜，带着令人窒息的阴森寒意。哪吒眼神一凛，瞬间聚积浑身力气，一拳轰向鬼爪。然而，那鬼爪坚硬如铁，哪吒竟然感受到拳头上传来一阵刺痛。

"嗯？竟然敢挣扎？"那鬼影冷笑一声，五指骤然收紧，幽冥寒气如潮水般涌入哪吒的体内，试图冻结他的血肉与灵魂。

哪吒冷哼一声，眼中闪过一抹狠厉。

"给小爷滚开！"

他怒吼一声，猛地绷紧全身肌肉，脊背瞬间弓起，浑身血脉如沸腾的岩浆般翻滚，用尽全力一拳砸向鬼爪。

"轰！"

巨大的力量猛然爆发，硬生生将巨爪震开。哪吒趁势翻身而起，落地稳住身形，抬头一看——只见前方的黑暗中，一个高约数十丈的鬼影缓缓浮现，浑身散发着浓重的阴气，猩红的双眸宛如嗜血的冥灯，血盆大口中的獠牙滴落着森冷的寒霜。

"小娃儿，你怎么敢到这里来？"鬼影舔了舔嘴唇，露出森然的笑容，"让我尝尝你的血肉如何？"

哪吒冷笑一声，活动了一下肩膀，浑身骨头发出一阵炸裂般的脆响。他缓缓摆开架势，目光如炬："你就是金毛犼吧？来尝尝小爷拳头的滋味！"

下一瞬，他猛地踏地，地面直接崩裂，整个人如同离弦之箭一般暴冲而出，拳头带着一股劲气，狠狠砸向鬼影的头颅。

黑暗中，那庞大的鬼影缓缓踏前一步，周身阴气骤然凝聚，只见它全身毛发如同金色钢针，根根倒竖，猩红双目中闪烁着幽寒的光芒，獠牙森然，利爪锋利如刀，身躯庞大如山，宛如一只择人而噬的妖兽。它周身的寒气极盛，脚下所过之处，大地瞬间覆上厚厚的冰霜，令这幽冥寒狱的温度再次骤降。

这就是传说中的妖王——金毛犼！

面对哪吒咄咄逼人的攻势，金毛犼竟然没有闪避，而是低吼一声，猛然张口，一团极寒的白雾从它獠牙间喷吐而出。

"幽冥寒息！"

白雾瞬间弥漫开来，哪吒只觉得浑身气血一滞，寒气犹如万千毒蛇般钻入骨髓，冻结了体内的炽热气息！他的拳势微微一顿，而就是这一刹那，金毛犼猛然挥爪。

"砰！"

只见一只如同寒铁浇铸的巨大冰爪，狠狠拍向哪吒。哪吒被冰爪击中，整个人倒飞出去，撞在坚硬的寒冰岩壁上，冰块四溅。

"咳！"哪吒落地翻滚几圈，站稳身形，只觉肩膀处隐隐发麻，那股极寒之气竟透过他的护体真气，侵入了血肉之中。他低头一看，肩膀上竟结出一层薄薄的冰晶。

"这东西的寒气竟然能渗透我的血肉？"哪吒眉头微皱，心中一凛。

金毛犼看着哪吒，目光嗜血，舔了舔獠牙，怪笑道："区区一个小娃娃，也敢在本尊面前逞凶？你的气血倒是旺盛，可惜，今日便是你的死期！"

话音未落，金毛犼猛然踏地，巨大的身形宛如闪电般朝哪吒扑来。它抬起双爪，寒气疯狂凝聚，瞬间化作无数锋利的冰锥，宛如万箭齐发般呼啸着向哪吒射去。

哪吒眼神一凛，身形猛然暴退，同时力量灌注双臂，交叉在胸前护住要害，但冰锥之力极其强横，瞬间冲破了他的防御。

嚓——嚓——嚓——

无数枚冰锥擦着哪吒的身体掠过，在他的手臂、肩膀和腿上留下一道道恐怖的冰痕，痛感深入骨髓。

"咝——这畜生也太难缠了！"哪吒低声咒骂。

然而，金毛犼并未停手，它再度张口，体内的幽冥寒气瞬间爆发，四周的寒霜汇聚到它的利齿之间，下一刻，它猛地喷吐出巨大的冰龙卷。

"冥寒龙息！"

冰龙卷狂暴地席卷而来，所过之处，一切皆被冻结。哪吒见状，双目微微眯起，猛然深吸一口气，血液在体内奔涌，如烈焰翻腾。他猛然握紧拳头，双脚用力一蹬，身形暴射而出，直面迎上那席卷而来的冥寒龙息。

他没有法宝傍身，也没有灵力加持，单凭肉身的强悍，迎接毁天灭地的一击！

"砰！"

一声巨响过后，哪吒只感觉自己被一股强大无比的妖风裹挟，在空中不断旋转，刺骨的寒意不断透过皮肤钻进血液和骨骼中，如同几万根钢针同时扎入体内，使他痛不欲生。紧接着，妖风消失，他的身形从空中坠落，不知道过了多久，才重重摔进冰水中，缓缓向下沉去。

"不自量力！"金毛犼轻蔑一笑，化成人形紧随其后，跃入了深渊之中。

第八节　金身塑成

冷！无尽的冰冷！

哪吒沉入深不见底的寒潭之中，四周尽是森然冰冷的水，每一滴水都仿佛充斥着幽冥之气，紧紧包裹他的身体，渗透进五脏六腑，让他一点点僵硬。

金毛犼化作一个体型高大的中年人，立于寒潭之上，眸中闪烁着森寒的光芒。他嘴角微微上扬，双手缓缓结印，阴冷的气息在掌心凝聚，随即猛地一推，一道道幽蓝色的符文钻入潭水，扩散开来，犹如灵蛇游走，在水底缓缓向哪吒缠绕。

"幽冥寒炼，万载封魂！"

金毛犼低喝一声，四周的寒气骤然暴涨，潭水瞬间翻涌，将哪吒的身体彻底吞没。那些幽蓝符文仿佛化作了无形的枷锁，死死锁住他的四肢与经脉，疯狂吸取着他的阳气，将他的血液冻结成寒冰。

哪吒只觉得体内的气血在缓缓凝固，心跳慢慢变得迟缓，仿佛下一瞬就会彻底停止。五脏六腑剧烈痉挛，仿佛有千百根冰锥在里面搅动。他的意识开始变得模糊，四周的景象变得模糊不清，耳边只能听到自己愈来愈慢的心跳声——

"咚……咚……"

"不能睡……不能……我还没有见到娘亲！"哪吒咬紧牙关，试图调动全身的力量，可那股寒意太过霸道，压制住他体内的每一寸血脉，连他的思维都在逐渐冻结。

金毛犼看着寒潭深处的哪吒，嘴角勾起一丝阴冷的笑意。

"区区凡人之躯，如何能抵挡我的幽冥寒炼？乖乖成为丹药吧！"

他双手再次结印，口中低声吟诵着晦涩的咒语，寒潭深处的幽蓝色符文骤然一亮，如同千万根细密的冰针，穿透哪吒的皮肤，刺入他的骨骼，疯狂地蚕食他的精血与魂魄。

哪吒的身体微微抽搐，死死攥紧拳头，指甲深深嵌入掌心。他的呼吸越来越微弱，仿佛下一刻就会彻底沉寂在这寒潭炼狱之中……

"娘亲……娘亲……"

哪吒拼命与困意抗争，眼皮上却像压了千钧的重物一样，他越是努力，就越是疲乏。

"娘亲……我好想你……我好想再见你一次……"

哪吒的声音越来越弱，越来越小，实在支撑不住，合上了双眼。他只感觉到自己的身体在不断下沉，落到了云端……

"云端？"哪吒忽然睁开眼，却发现自己不在冰冷刺骨的寒潭之中。四周飘动着柔和的云雾，像是温暖的棉絮，轻轻托着他的身体。他缓缓抬头，看见无边无际的云海在眼前翻腾，金色的光辉透过云层洒落，一片祥和。

他怔怔地站在云端，一种熟悉的气息萦绕在鼻尖。他的心脏微微一震，仿佛有什么沉睡已久的记忆被悄然唤醒。就在这时，一道温柔的声音在耳边响起：

"吒儿……"

哪吒的身体猛然一颤，缓缓转过身，眼眶陡然湿润——那是一位温婉又美丽的女子，身着素雅的衣衫，眉目如画，眼中满是柔情与怜惜。

"娘？！"哪吒的声音颤抖，像个迷路的孩子，眼中的坚忍在这一刻尽数瓦解。

"吒儿，受苦了……"殷夫人轻轻走近，伸出温暖的手，抚摸着他的脸庞。

哪吒再也控制不住自己的情绪，猛地扑进母亲的怀里，紧紧抱住她，眼泪再也止不住地流淌。他拼命压抑着的思念，此刻如洪水决堤般汹涌而出。

"娘……我好想你……我真的好想你……"他的声音哽咽，像是梦呓，心中千言万语，一时间却无从倾诉。

殷夫人温柔地抚摸着他的头发，轻声说道："傻孩子，娘一直在你心里啊……"

哪吒的眼泪滚烫，拼命抱紧母亲。他害怕，一旦松手，眼前的一切就会化作泡影，重新回到那无尽的冰冷深渊之中。

然而，云雾突然翻腾，周围的光亮开始变淡，殷夫人的身影也渐渐变得虚幻。

"不——！"哪吒惊恐地伸手去抓，却只是一片虚无。

他猛地睁开眼，身体依然沉在冰冷的寒潭里，刺骨的寒意再次将他吞没，布老虎飘了出来，正停在他眼前。

"娘……"哪吒嘴唇颤抖，用尽全身力气发出一个字。突然，布老虎在水中旋转起来，速度越来越快，越来越快，一道金光从布老虎的眼睛中射出，射入哪吒体内。金光如同炽烈的火焰，瞬间传遍哪吒的全身，直达骨髓！

一股难以言喻的热流在他体内狂暴地涌动，寒潭的冰冷瞬间被这股炽热驱散。他的血液重新燃烧，原本冻结的经脉在这一刻彻底贯通，澎湃的力量在他的骨骼与血肉之间激荡。

"轰——！"

一股狂暴的气浪自哪吒体内炸开，整个寒潭都为之颤动，潭水如被飓风席卷般疯狂翻涌。金毛犼正欲催动寒潭的幽冥之力继续炼化哪吒，忽然察觉到异样，猛地抬头，眼神中闪过一丝惊疑不定。

"怎么回事？！"

下一瞬，寒潭深处，哪吒的身体发生了惊人的变化——他的四肢不断膨胀，肌肉如山岳般隆起，皮肤上浮现出一道道古老而神秘的金色纹路。他的身形瞬间暴涨，如同一位终于苏醒的远古巨人般，巍峨耸立。

"吼——！"

一声震天怒吼炸裂开来，掀起惊涛骇浪，整座寒潭竟被生生震裂，无数裂缝蔓延至潭底，幽冥符文在恐怖力量的冲击下纷纷消散。哪吒双目如炬，目光扫过之处，就连虚空都在微微颤抖。

金毛犼瞳孔骤缩，脸色大变。

"不可能！你怎么会……！"

哪吒没有回答，他缓缓抬起巨大的手掌，金色光芒在指尖跳跃，如同天惩降世。他一步踏出，寒潭开始崩塌，水流倒灌，整个天地都为之震撼。

这一次的巨大化，哪吒感到自己身躯中充满了足以毁天灭地的能量，甚至比上一次要强上数倍。

"受死！"

哪吒的怒吼犹如雷霆万钧，整个天地仿佛都随之震颤。他脚下猛地一踏，轰然爆裂的力量席卷四方，整个寒潭彻底崩塌，无数巨大的水柱冲天而起，如瀑布倒卷，露出了被封印万年的黑暗深渊。

金毛犼面色骇然，猛地挥手，体内的妖力疯狂运转，试图重新聚拢幽冥寒气，再次将哪吒镇压。然而——

"轰！"

哪吒金色的巨掌已然破空而至，如同擎天巨岳，裹挟着毁灭一切的雷霆之力，朝着金毛犼镇压而下。金毛犼双目圆睁，急忙现出原形，施展妖法，周身瞬间凝聚起数十层寒冰护盾，每一层都散发着万里冰封的幽冥之气，仿佛连时光都能冻结。然而，面对哪吒这狂暴至极的一击，这些护盾根本不堪一击——

"砰——砰——砰！"

寒冰护盾一层层崩裂，狂暴的冲击波如海啸般袭来，金毛犼的身形被震得连连倒退，嘴角溢出几滴鲜血。

"怎么可能？！区区一个凡人之躯，怎会有如此恐怖的力量？"金毛犼惊骇地怒吼，双手猛然结印，身躯迅速缩小，化作一抹青色流光，企图遁逃。

"想逃？没那么容易！"

哪吒冷哼一声，巨掌翻转，五指紧握，猛然朝着流光一抓，把金毛犼抓了个正着。掌心中，金毛犼左冲右突，想要逃离，但哪吒的手指却固若金汤，密不透风，无论朝哪个方向都无法逃出。

"咔！"

哪吒五指用力握拳，将金毛犼抓在掌心。

"啊！"

金毛犼惨叫一声，连连求饶："小英雄，小妖知道错了，您老有什么吩咐尽管提。"

"昆仑玉髓!"

"我马上让人送来!"金毛犼用怪异的声音叫了几下。片刻后,一股黄风裹挟着沙子吹来,吹到哪吒脚下,化为一个佝偻的老人,双手捧着一个玉瓶跪在地上说:"英雄饶命,这就是昆仑玉髓。"

哪吒用两根手指小心地捏起玉瓶,只见瓶身流光四溢,灵力逼人,确定是真的,哪吒将其收进方寸袋。他正要发力灭掉金毛犼,忽然,黄风怪一挥手中的木杖,一阵怪风夹着沙子袭来,吹得人睁不开眼。

哪吒下意识地松开了手,想去揉眼,金毛犼化作一道青光,和黄风怪一起消失在洞中。他正要追赶,忽然感觉一阵天旋地转,两眼一黑,晕了过去。

再睁开眼时,哪吒只看到眼前两张神情关切的脸。

"哪吒哥哥,你醒了!"清风惊喜地说。

"哎呀,谢天谢地,好几天过去了,你终于醒了!"太乙真人脸上写满关心。

"这到底是怎么回事,我是怎么回来的?"

师徒俩七嘴八舌地解释了一番,哪吒这才知道发生了什么。原来,他已经昏睡了三天三夜。那天金光洞内忽然传来一阵巨响,太乙真人和清风赶忙查看,却见镇魔石倾倒,一缕黄光裹着青光从深渊蹿出。

还好清风反应迅速,立刻祭出九龙神火罩,将两缕光罩住。太乙真人来不及交代什么,跃入其中查看,这才发现寒狱中禁锢已经解除。太乙真人见哪吒躺在地上生死未卜,赶忙把他带了上来。

"哪吒哥哥,你真是太厉害了,居然打败了金毛犼!"

"哪吒,你到底是怎么做到的!"

"这个嘛……"哪吒想起自己变成巨人的事,正要开口询问,忽然心念一转,硬生生地把到了嘴边的话咽了回去。好几次经历生死,已经让他养成了谨慎的性格。

"快跟我们说说!"清风追问。

"我也记不清了,起来就发现自己躺在这里了。"

"这还真是奇怪。"太乙真人来回踱了几步,想不出头绪,也只好作罢。

"对了,有件事我还是搞不清楚,黄风怪是怎么进入幽冥寒狱的?"

"你说这个呀,让他告诉你吧……"太乙真人脸上闪过一丝尴尬的神情,一甩袖子,黄风怪咕噜咕噜滚了出来,立刻跪在地上连连磕头:"小英雄饶命,小英雄饶命,我上有老,下有……"

哪吒从床上跃起,直接一脚把他踹翻说:"你都这么老了,上面还有老人呢?说,你是怎么进去的!"

黄风怪爬起来重新跪下,又连着磕了几个头,才说:"镇魔石的封印松动了,我这才能够进去。"

"怎么会松动?"哪吒想了一下,突然反应过来,说,"不对,你是怎么知道封印松动的?"

黄风怪抬头瞄了清风一眼,又看了太乙真人一眼,见两人没有反应,这才说:"这千年来,我一直躲在金光洞里。"

"那个……"太乙真人踢了一脚黄风怪,一脸尴尬地转移话题,"说重点,说重点。"

"等等!"哪吒看了一眼太乙真人,"说,你为什么能躲在洞里不被发现?"

黄风怪指了指镇魔石,说:"我就附在这石头上,这里本来妖气就重，他们根本发现不了。"

"好你个黄风怪！太狡猾啦！"哪吒眼睛一亮，才发现不能小瞧这妖怪的智商，接着问道，"你为什么要给金毛犼送昆仑玉髓呢？"

"这件事说来话长了⋯⋯"

"那你就长话短说！"

"千年之前，小女被阐教之人捕获，要炼成金丹，幸好有金毛犼大人及时出手，这才救出小女。"

"你女儿现在在哪？"

黄风怪抬头小心翼翼地看了一眼哪吒，张嘴说了个"在"字，又憋了回去。

"快说！不然打爆你的头！"哪吒举起拳头威胁道。

黄风怪还是一言不发。

哪吒眼珠子滴溜溜乱转，忽然转头对太乙真人说："金毛犼呢？我要把他打爆！"

"陈塘关！她在陈塘关！求小英雄不要伤害小女的恩人！"

"什么？"哪吒和师徒二人同时惊呼。这真是，人生何处不相逢。

哪吒解释了一番，黄风怪这才知道他就是陈塘关少主。

"无论是人、妖、鬼，还是仙、魔、神，在我们陈塘关都是一样的，只要你不做坏事，就没人为难你。你是个重情重义的妖怪，苦等一千年只为报恩，好样的！"哪吒一边说，一边找太乙真人要来纸笔，七扭八歪地写下"哪吒"两个字递给黄风怪，说，"你去陈塘关找李靖，就说是我说的，让你在那里住下。"

黄风怪千恩万谢，拿着纸正要走，突然想起了金毛犼，问三人准备怎么处理。

哪吒正要发话，忽然感到一阵天旋地转，随即晕倒在地。黄风怪不敢再问，只得告辞，动身往陈塘关去了。

三天后。

晨曦透过云层洒落，柔和的金光映照在西岐的池水之上，七色宝莲轻轻摇曳，流光溢彩。哪吒静静飘浮在莲台中央。他先是在与截教众妖的大战中负伤，之后又被金毛犼与寒潭重创，肉身已支离破碎。

太乙真人师徒、姜子牙师徒、李靖几人站在池边。太乙真人手中托着那块晶莹剔透的昆仑玉髓，玉髓散发着莹白的神光，仿佛凝炼了天地之间所有的灵力。姜子牙、李靖等人凝神屏息，不敢发出丝毫声响。

太乙真人深吸一口气，双手掐诀，昆仑玉髓在掌心缓缓升腾而起，光芒大盛，化作一滴滴晶莹剔透的玉露，缓缓滴落在哪吒的身上。每一滴玉髓落下，哪吒残破的身躯便泛起一层温润的光泽，裂开的肌肤修复，枯竭的血脉重新焕发生机。

"天地化形，万灵归元！"太乙真人轻喝，双手猛然一挥。

瞬间，七色宝莲剧烈摇曳，一股磅礴的灵力自莲台中喷薄而出，化作道道七彩光华，将哪吒团团包裹。一朵朵莲花虚影在他周身浮现，随后缓缓融入他的体内，他的肌肤逐渐变得如玉般莹润，周身流转着琉璃般的光芒。

"筋骨铸灵，血肉化金！"

太乙真人再次掐诀，掌心猛然一拍，昆仑玉髓化作一道金光冲入哪吒的胸口。一时间，天地轰鸣，莲台上的光芒如烈日般耀眼，哪吒的筋骨被重塑为坚不可摧的金刚之躯，血肉之中流淌着充沛的玉髓之力，每一寸肌肤都被玄妙的神符包裹，爆发出强烈的金色光芒。

"元神归位，魂魄永铸！"

最后一句口诀落下，哪吒的额心骤然亮起一道耀眼的灵光，亮起一朵莲花。他的魂魄在肉身之中彻底归位，昔日那被折磨得濒临破碎的神魂，如今在玉髓与莲台的双重滋养下，变得完整，如同浴火重生的凤凰，焕发出前所未有的强大生机。

光华渐渐消散，哪吒缓缓睁开双眼，瞳孔中金光一闪而逝。他抬起手，感受着这具全新的肉身——筋骨坚如钢铁，血液流转间带着滚滚灵力，周身的气息比之从前更为浑厚，仿佛脱胎换骨了一般。

"好强的力量……"哪吒低声喃喃，拳头微微紧握，一股前所未有的自信从心底升腾而起。

太乙真人长舒一口气，微微一笑："如今你的金身已成，单凭这具金刚不坏之身，已可战胜诸多妖神。在昆仑玉髓灵力的加持下，已经抵得过凡人千年的修行了。"

落月和停云对视一眼，眼中全是羡慕。

哪吒缓缓从莲台上飘然落地，站在池边，周身的金光渐渐收敛。然而就在此时，哪吒头顶忽然出现一道巨大的金色光柱，冲破云层，直达天际。他只感到灵力被那股神秘力量抽走。

"啊！"

哪吒痛苦地大叫一声，在场众人无不骇然。

"吒儿！"李靖大吼一声，快步跑到哪吒身边，却被光柱弹飞。

"这是！"太乙真人与姜子牙对视一眼，眼神中满是惊骇！

第三章

哪吒闹海

第九节　肉身成圣

金色光柱直冲霄汉，天地间狂风呼啸，整个西岐都被这异象震动，所有人都抬头望向天空，满是惊骇。哪吒的身体剧烈颤抖，只觉体内的灵力像决堤的洪水般汹涌而出，根本无法阻止。

"啊！"

哪吒咬紧牙关，双膝跪地，额头冷汗雨滴一样渗出，他拼尽全力想要稳住体内的灵力，可那股吸力强大得骇人，无论他如何抵抗，都无济于事。

太乙真人双手结印，想要以法力稳住哪吒的气息，姜子牙则迅速掐诀，想要探查这种异象产生的源头。然而，两人刚催动灵力，一股强大的反噬力便猛然袭来，将他们震退数步。

"这股力量……竟能对抗我们的法术？"姜子牙骇然失色。

太乙真人脸色阴沉，迅速从袖中掏出一块玉盘，口中默念咒语："六甲七星，邪魔分形。敢于当我，北帝不停！急急如律令，现！"

话音刚落，只见玉盘上浮现出一道道玄奥符文，最后凝聚成一个漆黑的影像——一柄通体黑红交错的长剑，隐隐透着浓重的血煞之气，仿佛是以生灵精血铸成。

"这……这是……有人用哪吒身上的东西，炼成了一件极为阴邪的法器！"姜子牙眼神一凛。

"什么？！"太乙真人瞳孔骤缩，立刻俯身探查哪吒的状况。他手指一点，一缕青光没入哪吒的眉心，却立刻被一股诡异的力量挡回，仿佛哪吒体内的通道已经彻底封闭。

"糟了！哪吒的百骸、九窍、六藏全部被封堵，再也无法运转天地灵力！"太乙真人的脸色难看至极。

这句话一出，众人皆是骇然。

李靖猛地上前一步，神色大变："什么？封堵百骸、九窍、六藏？那岂不是……变成废人了？！"

"哪吒彻底成了一个无法修炼的凡人。"姜子牙沉声道，神情凝重。

落月和停云震惊地看着哪吒，眼中满是不可置信。一个刚刚拥有不世之力的人，却在顷刻间被剥夺了一切。从天上瞬间落到地上，这样的落差，恐怕不是常人能够接受的。

然而，其他人都在担忧时，哪吒却缓缓站起身来。他的身体仍然微微颤抖，脸色苍白如纸，眼神却无比坚定，没有一丝颓废或绝望，反而燃起了前所未有的斗志。

"无法修炼？"哪吒轻笑一声，拳头缓缓握紧，指节捏得发白，随即，他猛地抬头，目光如炬，直视众人，"爹爹，你们不要为我担心……"

"灵力没了又如何？小爷不稀罕什么天赐的灵力！"他一步踏出，目光坚定无比，"既然天地不让我借用灵力，那我便用自己的双拳打破这片天地。小爷倒要看看，哪个神魔挡得住我一拳之力！"

天地寂静，狂风止息。众人看着哪吒，心中震撼不已。

李靖喉头微微哽咽，想要说些什么，可终究没能说出口。他这一刻才发现，自己的儿子早已不是当初那个需要他庇护的孩子，而是一个真正的战士了。

太乙真人望着哪吒，沉默片刻，随后缓缓点头，目中闪过一抹欣慰。

"好！既然你有如此决心，那我便拼尽全力，在你选的这条路上助你一臂之力。"太乙真人深吸一口气，目光坚定，"哪吒，这世间的强大，不只有法术灵力。你的肉身金刚不坏，若能以凡人之躯修成绝世战体，未尝不能肉身成圣。"

姜子牙也深深点头，沉声道："天地有道可循，但大道不止一条。哪吒，若你真想走这一条'人定胜天'的路，我们必将全力助你。"

哪吒忽然朝众人做了个鬼脸，笑嘻嘻地说："哎呀，你们这么严肃做什么，笑一笑嘛。"

见众人没有反应，他"唰"一下转过身，撅起屁股大喊："我坚持不住啦，你们快跑！"众人一愣，还不知道是怎么回事，一连串"噗噗噗"的声音便响了起来，紧接着，空气中便弥漫着一股恶臭。

"大家快跑呀！"姜子牙捂着鼻子，带领众人落荒而逃，只有李靖一个人还站在原地，愣愣地看着自己的孩子，眼眶微红。

哪吒拍拍肚子转过身，看李靖一动不动，几步走过去，说："爹爹，你不怕臭吗？"

李靖回过神来，看着哪吒那张无忧无虑的脸，心中百感交集。他本以为哪吒会因失去灵力而颓然不振，甚至心生绝望，但眼前的哪吒，却依旧是那个天不怕地不怕、敢笑敢闹的小子。

"臭不臭的，哪比得上你这臭小子。"李靖哼了一声，在哪吒头上假装敲了两下。

哪吒眨了眨眼，忽然一把搂住李靖的脖子，像小时候一样撒娇地喊道："爹爹——"

李靖的身体一僵，心头猛然一颤。自从殷夫人离开后，父子俩之间的关系就一直冷漠疏离，多少年了，这个孩子已经很久没有这样亲昵地喊过他了。

他抬起手，僵硬地停在半空，最终却还是落在哪吒的肩上，轻轻拍了拍。

"行了，行了，成天就知道胡闹。"李靖语气虽是责备，声音却比以往温和了许多。

哪吒咧嘴一笑，眯着眼看着李靖说："爹，你刚才是不是哭鼻子了？"

"放屁！"李靖立刻板起脸。

哪吒憋着笑，拍拍肚子："刚才不是放完了嘛！"

李靖："……"

姜子牙等人早已躲得远远的，见父子二人有说有笑，他们互相对视一眼，都不由得露出了会心的微笑。

太乙真人摇头叹道："这臭小子啊……哪天就算上了天庭，恐怕也改不了这顽劣的性子。"

姜子牙抚须笑道："这孩子，看起来天真烂漫，实则是有大智慧的。他能在绝境之中坦然一笑，不因失去而沉沦，不因困境而绝望，反倒以洒脱之姿面对一切。这份豁达，世间多少修行之人穷极一生都难以达到啊。"

众人相视一笑，心中也不禁生出一丝期待——这个无法修炼的孩子，未来究竟会是什么样呢？

与此同时——

"轰隆！"一声雷霆炸响，苍穹之上，一道金色的光柱破开云层，瀑布一般从天上垂挂下来，径直落入人间某处。

在一座偏僻隐秘的宅邸内，大门紧闭，庭院中充斥着一股森然阴冷的气息。房屋的窗户透出昏暗的红光，隐约可见符箓飘飞，灵力翻涌。

忽然，金色光柱猛然破空而来，瞬间洞穿屋顶，洒落在房间中央的阵法之上。整个房屋剧烈震动，尘埃四散，符箓燃烧，空气中弥漫着炽烈的灵力波动。

在那阵法的核心，一柄血色长剑静静悬浮，剑身幽幽颤鸣，仿佛早已等待这股力量的降临。金光狂暴地涌入剑身之中，血色长剑顿时绽放出骇人的光辉，黑红色的纹路扭曲着，仿佛有无数怨魂在剑刃上哭号挣扎。

"嗡——！"

剑身震颤得越来越剧烈，原本阴森的血光被金色神辉吞噬，刹那间，这柄剑竟像是完成了某种蜕变，气息暴涨，隐隐透出一股凌驾于万物之上的恐怖力量。

"哈哈哈……成了！道爷成了！"

阵法中央，一个瘦削的身影狂笑着伸出双手，仰天狂啸，声音近乎癫狂。他激动地接收那道透过长剑传来的磅礴灵力，金光顺着剑柄迅速传导至手臂。顷刻间，他的皮肤之下仿佛有万千道雷霆，血脉沸腾，筋骨间发出噼啪爆鸣之声，每一寸肉身都在被那股恐怖的神力改造，血肉之中散发出道道金红交织的光芒。

然而，还未等他炼化这股前所未有的力量，一道黑影陡然从屋外闪入，如鬼魅般掠过房梁，一瞬间便扑向那柄血色长剑。

"砰！"

黑影的指尖落在剑柄之上，寒光一闪，强横的力量猛地爆发，一股阴冷至极的气息骤然充斥整个房间。

"啊！"

那瘦削男子的狂笑顿时化为一声凄厉的惨叫，他整个人如遭雷击，身体猛然倒飞出去，狠狠撞在墙上，口中鲜血狂喷。

黑影冷哼一声，手掌一翻，已将那柄血色长剑握在手中。剑身上的金辉在刹那间黯淡下来，全部缩进剑身之中。

"哼，这等神物，你也配染指？"黑影冷漠地低语，随即身形一闪，裹挟着滔天煞气，瞬间遁入黑暗之中，消失无踪。

房间内，那瘦削男子脸色惨白，挣扎着爬起身，目光惊恐地望着黑影消失的方向，嘴唇颤抖，状若癫狂："这气息……一定是他！他是怎么知道的！我不甘心，我不甘心！"

"轰隆！"

空中再次雷霆炸响，一道闪电划破云层，借着雷光，男子的脸清晰地映在镜子中。

竟是尤浑！

尤浑捂着胸口，脸色惨白，嘴角仍残留着血迹。他踉跄着走了几步，眼中充满不甘与愤怒。他深吸一口气，猛然伸手按向墙壁上一块凸起的青石。

"咔——"

一道轻微的机关转动声响起，墙壁缓缓分开，一道暗格显露出来，里面放着一个黑色木盒。尤浑小心翼翼地取出木盒，手指微微颤抖。

他深吸一口气，猛地掀开盒盖——

只见盒中赫然放着一本金光流转的古朴书籍，封面无字，仿佛亘古长存于天地之间。尤浑的瞳孔骤然收缩，心跳如擂鼓一般。他的手指微微颤抖，缓缓翻开书页。

瞬息之间，金色书页上浮现出一串晦涩难明的文字，如同活物般游走流转，散发着并非人间所有的神圣威严。书中的每一个字都仿佛蕴藏着力量，映在尤浑的眼中。

尤浑的眼神彻底癫狂了，他急促地翻动书页，像疯了一般低吼："不可能……无字天书只有一本！"

他的脸上布满冷汗，眼神难以置信，又带着一些惊骇，死死盯着手中的天书，仿佛正经历着一场无法理解的梦魇。

"不可能！不可能！"

尤浑猛地合上天书，面容扭曲，怒吼着将天书狠狠摔在地上，抬起脚疯狂地踩踏。随着他的疯狂举动，一股无形的威压骤然降临，空气凝滞，四周寂静得可怕。

忽然，他像是被某种无形的力量惊醒，脸色骤变，身子一颤，竟扑通一声跪倒在地，双手颤抖地捧起天书，眼神中满是惶恐。他艰难地翻开书页，然而，映入眼帘的却是一片空白——那些原本游龙般跳跃的文字，竟然消失得无影无踪！

"不……不要……"尤浑的眼中满是绝望，声音嘶哑颤抖，仿佛一瞬间从巅峰跌落深渊。他跪伏在地，不断磕头，声音凄厉而悲戚："我错了！我错了！不要抛下我！求你……再给我一次机会！"

然而，回应他的，只有无尽的沉默。

片刻之后。

"嗡——"

书页猛然炸开，无数道金色光芒如狂潮般喷涌而出，化作万千剑影，瞬间将尤浑笼罩。

"啊——！"

尤浑凄厉惨叫，金光如利剑般刺入他的躯体，炽烈而无情，仿佛要将他彻底杀死。他的皮肉在瞬间化作飞灰，骨骼寸寸崩裂，灵魂被金光撕成碎片。

金色光芒闪耀良久，最终缓缓散去，无字天书静静地躺在原地，书页依旧洁净无瑕，仿佛什么都不曾发生过……

与此同时，数百里之外。

漆黑的夜色下，一道黑影裹挟着阴冷的煞气，疾速掠过荒野，朝着朝歌城外的一座幽深洞窟疾驰而去。片刻后，黑影闪入洞窟之中，踏入了一间阴暗的密室。他没有丝毫犹豫，径直走向一座沉重的石台，在上面轻轻一按，只见石台中央缓缓裂开，一只写满古老符文的黑色木箱缓缓升起。

黑影伸出手，轻轻拂去箱盖上的尘埃，缓缓打开箱子。

箱中，同样躺着一本金色的古籍，面上空无一字。

黑影深吸一口气，翻开第一页——

"嗡！"

一瞬间，金光大盛，璀璨的符咒自书页之上腾跃而起，如同活物般游走流转，在半空中浮现出一串古老神秘的文字，与尤浑手中那本书所呈现的情景一模一样——另一本无字天书！

黑影的眼神透出一丝得意，随即嘴角勾起一抹冷笑："对不起了，尤浑，我的天书比你多一行字。"

"哈哈哈……"

这边打得热火朝天，哪吒那边却玩得无比惬意。

"那边，金毛！"哪吒把手里的球丢得老远，一只可爱小兽立刻"嗖"地跑了过去，像一道金色的闪电。

只见那只小兽身姿矫健，通体被金色长毛覆盖，在阳光下泛着柔和的光泽，就像镀了一层金粉。它的尾巴蓬松，随风轻轻摆动，耳朵微微竖起，眼眸如琥珀般晶莹，充满灵性。它的爪子虽小，却锋利无比，踏在地上时无声无息，身形灵动，仿佛随时都能腾空而起。

"加油！"

听到哪吒的喊声，小兽猛然蹬地，化作一道金光朝远处疾驰而去，速度之快，只在空中留下一道残影。它轻盈地跃起，爪子精准地拍向半空中的球，借着旋转的力量稳稳地接住，随后一个翻身落地，尾巴甩了一下，得意地昂起头，朝哪吒跑去。

哪吒哈哈大笑，蹲下身子揉了揉它毛茸茸的脑袋："厉害啊，小金毛！"

小兽晃了晃耳朵，舔了舔哪吒的手，尾巴晃来晃去，显然对主人的夸奖十分受用。

"哪吒，这可是妖王金毛犼，不是狗……"太乙真人正好从不远处走了过来，看见这一幕，眼睛瞪得像铜铃，手里的拂尘差点掉了。

哪吒嘻嘻一笑，抚摸着金毛的头说："金毛犼是以前的名字，现在它就叫小金毛，对不对呀？"

"对！"小金毛连连点头，立刻对主人表示肯定。

哪吒更加开心，从方寸袋拿出一块比自己还大的肉扔了过去。金毛犼双眼放光，猛地一跃，像金色闪电般扑向那块巨大的肉。它在空中翻滚一圈，张口咬住肉，稳稳地落地，三两口就把肉吞进肚子，满足地舔了舔嘴角，冲哪吒露出一脸憨憨的笑。

"哈哈，好吃吧？"哪吒双手叉腰，一脸得意。

"好吃！"小金毛拼命点头，尾巴摇得像陀螺一样，仿佛下一秒就能飞起来。

太乙真人彻底无语，嘴角抽搐地看着他们——一个是曾经威震三界的妖王金毛犰，一个是把地府搅得天翻地覆的哪吒，如今居然玩得像个普通小孩和小狗一样……这和谐的画面怎么看都透着一种诡异。

"唉，孽缘啊……"太乙真人扶额叹息。

原来，就在几天前，太乙真人发现金毛犰在寒潭之战中身受重创，本源崩溃，妖王之躯难以维持，竟化作一只巴掌大小的金色小兽。他原本打算将其直接封印，但看着眼前这只小兽，一时沉默不语，不知道该怎么处理。

这时，哪吒凑过去上下打量一番，一把抓起它的脖颈提到面前："你这家伙，还能打架不？"

小兽两只圆溜溜的眼睛转了转，耷拉着耳朵，眨巴眨巴眼，一副可怜兮兮的模样。哪吒啧了一声，说："我看这金毛犰不是什么坏妖怪，还救过黄风怪女儿的性命，就饶了它吧？"

太乙真人无奈地叹了口气，说道："它虽失去妖王之力，但人妖殊途，始终邪性难改，不如滴血认主，让它彻底归顺于你。"

哪吒却不吃这一套。他从小在陈塘关长大，和妖怪们相处已久，是像朋友一样，"滴血认主"这种事，他可做不出来。于是他果断说道："我相信它，它本性绝对不坏。"

太乙真人还要再说，哪吒已经抱着小兽一溜烟跑了，隐约传来一句话："以后……就叫你……金毛了……"

从那一刻开始，哪吒就和金毛黏在了一起——吃饭也抱着，睡觉也抱着，就连上厕所都一起去，简直是形影不离。

就在今天，哪吒发现了金毛的能力——快如闪电！

可是……哪吒托着下巴，盯着蹦跶得飞快的小金毛，眼睛滴溜溜一转，愁眉苦脸地说："你跑得倒是挺快的，要是再大一点，能让我骑着就好了。"

话音刚落，小金毛猛地停下脚步，歪着头看了看哪吒，眼睛里闪过一丝奇异的光芒。紧接着，它的金色毛发忽然竖起，身体开始迅速旋转，周身出现一阵狂风，仿佛被一股无形的力量托起。

刹那间，风云变幻，金毛身上竟然迸发出炽热的火光，隐隐有风雷之声。

哪吒愣了一下，紧接着，眼前的小兽竟在烈焰和狂风中急速拉长、变形，金色的毛发化作一团团环状火焰，浓烈的灵力在空气中凝聚，转眼间，一对金红相间、烈焰熊熊燃烧着的轮子出现在他面前，轰然落地，发出低沉的轰鸣声。

"跳上来！"是金毛的声音！

哪吒瞪大眼睛，眼里满是惊喜，猛地跳上去，脚一踩，风火轮立刻如闪电般冲天而起，烈焰在空中划过一道耀眼的轨迹。

"哈哈！太爽了！"哪吒在半空中大笑，感受到疾风吹面的畅快，操控着风火轮在天际疾驰盘旋，留下道道残影。

太乙真人站在地上，目瞪口呆，嘴角一阵抽搐，喃喃道："这……这妖王金毛狐，竟然化作了风火轮……这可真是天命啊……"

哪吒兴奋地踩着风火轮越飞越远，风声在他耳边呼啸，他放声大笑："小金毛，以后你就是我最好的朋友了！不对，是之一，哈哈哈！"

他在空中单手叉腰，摆了个自认为最帅的姿势，指着远方说："小金毛，我还没看过海呢，你能带我去吗？"

"当然可以！"

太乙真人看着空中的红色残影越来越小，额角青筋跳了跳，大声喊道："哪吒！你可千万不要闯祸呀！"

回答他的，只有风声……

第十节　龙王，不过如此！

东海。

海面之上，雾气蒸腾，云蒸霞蔚，时而可见巨大的海怪跃出水面，鳞片在日光下闪耀如烈焰，转瞬又沉入海中，不留一丝踪迹。遥望海上，可以看见仙山浮岛，若隐若现，凡人一旦靠近，便会迷失其中，永远失去归途。

此时，海边有一队人正在吹吹打打，全都穿着红衣，戴着奇怪的面具。队伍中央，四个赤裸上身的壮汉抬着一顶红色的轿子。狂风吹起轿帘，里面坐着的竟是一对童男童女。看样子不过六七岁年纪，身形瘦小，脸上还带着稚气。

"龙王用膳，闲人回避！"

那童男身穿绛红色锦衣，衣角绣着古怪的波涛暗纹，紧紧抓着身旁的小姑娘，身体颤抖，却一脸坚毅。童女一袭素白衣衫，眉目清秀，泪珠不停地从她红肿的眼眶中滚落。她用力咬住嘴唇，眼神中透出惶恐和绝望。

轿子微微晃动，随着四名壮汉的步伐缓缓向前，那些红衣人围绕着轿子，不断演奏，音调低沉怪异，仿佛正在召唤海中的怪物。

"呜呜……哥哥，我们是不是……是不是再也见不到爹娘了？"童女终于忍不住哽咽道。

童男的手指收紧，指甲几乎掐进掌心。他的嘴唇颤了颤，伸手将童女揽入怀中："幺妹儿，不要怕，哥哥保护你。"

"吉时已到！"

忽然，一个高高瘦瘦，身披黑袍、手持长棍的老者越众而出，声音仿佛带着某种奇异的韵律，在狂风中悠长回荡。那群红衣人闻声而动，乐声陡然一变，旋律不再像之前那样低沉，而是变得诡谲而高亢，仿佛在传达着某种召唤。

乐声回荡，天地之间仿佛有了某种神秘的共鸣，原本风平浪静的海面忽然狂风大作，巨浪滔天，就连天边的云层也变得漆黑如墨，一道道闪电撕裂天际，如苍龙狂舞。

"轰！"

海面陡然炸裂，滔天巨浪冲天而起，仿佛有一只无形的巨手在搅动天地，将整个东海化作怒涛翻滚的深渊。紧接着，一道耀眼的金光自海底射出，宛如旭日东升，照亮了昏沉的天地间。

"吼！"

一声震耳欲聋的龙吟骤然响起，声震九霄。紧接着，一条金色的巨龙自海底腾空而起。

它的身躯庞大无比，鳞片在雷光下闪耀着森冷的寒光，每一片都如黄金铸造，龙须狂舞，双目猩红，带着居高临下的威压俯瞰着海岸。它的出现，让整个东海都为之颤抖。

小姑娘看到那庞然大物的一瞬间，被吓得脸色惨白，眼泪汹涌而出，哆哆嗦嗦地缩进哥哥怀里，声音颤抖得几乎说不出完整的话："哥……哥哥……它……它会吃了我们吗？"

男孩心跳如擂鼓，冷汗沿着脊背滑落。他的嗓子干得发紧，却还是用尽全力抱紧妹妹，强作镇定道："不……不要怕，幺妹儿……哥哥在……"

可他自己也不知道，这样的自己，又能如何保护她？

"参见龙王！"

众人齐声呐喊。

小姑娘吓得浑身颤抖，小小的手死死抓住哥哥的衣角，指尖几乎嵌进布料里。她双腿发软，被壮汉架着往前走，泪如泉涌："哥哥……我怕……"

童男咬紧牙关，明明自己也害怕得要命，却还是硬生生地挺直脊背，声音沙哑而坚定："幺妹儿，哥哥在呢……"

"请龙王用膳！"

"请龙王用膳！"

……

金色巨龙低下头颅，血盆大口缓缓张开，獠牙森然，腥臭扑鼻，朝着这对可怜的孩子咬下。

"孽畜，住口！"

就在此时，一声暴喝响彻云霄，只见一个红色的身影从空中疾速坠落，烈焰翻腾，风火轮划破长空，拖出两道火红色的流光。他速度极快，刹那间已逼近巨龙，右拳轰然砸下，正中巨龙头颅。

"轰——！"

龙首猛地一偏，硕大的身躯在半空中晃动，落入水中，激起滔天巨浪。巨龙吃痛，发出一声震天的咆哮，巨爪猛然挥出，直袭那道红色身影。

那人丝毫不惧，身影灵活如电，脚踏风火轮在空中一转，轻巧地躲开巨爪，下一瞬，拳风再起，猛然朝巨龙反击。风火四起，雷霆炸裂，巨龙再次被打得重重摔落水中。

再看空中，那个身影凌空而立，看样子不过八九岁模样，一袭红袍在风中猎猎作响，脚下踏着两团翻腾的火焰，烈焰滚滚而生，将海风驱散。

来人正是哪吒！

海浪翻涌，雷光滚滚，巨龙从海中腾空而起，双目猩红，怒火滔天。他从未受过如此挑衅，更别说被一个孩童模样的家伙一拳又一拳接连砸进海里！

"大胆狂徒，竟敢对本座无礼！"巨龙张口怒吼，声震四野，音浪如雷霆般炸裂开来，掀起滔天巨浪。

哪吒却毫不在意，他站在风火轮上，俯视着巨龙，眼神中带着戏谑与不屑。

"废话少说，想吃人？问过小爷没有？！"哪吒冷哼一声，脚下风火轮猛然一旋，身影如同烈焰流星，瞬间冲向巨龙。

"狂妄！"

巨龙怒吼，庞大的龙爪带起狂风，猛然抓向哪吒，空气在那一瞬间仿佛凝固，整个海面都被这股可怕的威势压出一道道深深的沟壑。

然而，哪吒速度奇快，在巨爪落下的瞬间，他脚踏风火轮，身影骤然消失，紧接着，一团火光自巨龙身侧一闪而过——

"砰！"

下一刻，巨龙的侧脸被一拳砸中，金色鳞片炸裂，一声凄厉的龙吟响彻天地。

"你——"巨龙吃痛怒吼，可哪吒根本不给它喘息的机会，化作一道红色旋风，拳风呼啸，火焰翻腾，一拳接着一拳，快得连空气都燃烧起来。

"轰！轰！轰——"

哪吒身形快如闪电，每一次出手都有如雷霆万钧，打得巨龙节节败退。巨浪翻涌，电闪雷鸣，宛如天崩地裂。

"够了！"

怒吼声中，巨龙再次腾空而起，张开血盆大口，刹那间，一道金色的龙息如江河奔涌般喷吐而出，带着毁天灭地之势，直冲哪吒而去。

哪吒双目微眯，唇角勾起一抹冷笑。

"雕虫小技！今天就让你见识一下小爷肉身的威力！"

他双拳紧握，凝聚全身气力。下一瞬，他迎着金色龙息冲了过去！

"轰——！"

天地轰鸣，哪吒的双拳与龙息在半空中碰撞，爆裂的冲击波冲开云霄。巨龙在半空中狂啸，身躯在火焰之中挣扎翻滚。他做梦也没想到，自己竟被一个孩童压制得连还手的机会都没有。

海岸边，众人仰望着这一幕幕，眼中满是震撼。

"哥哥……他是谁？"小姑娘忍不住喃喃问道，眼神中流露出一丝希望。

童男目光炽热，望着那个踏火而战的少年，轻声道："可能是……天神吧……"

高空之上，哪吒身影一闪，脚下烈焰翻滚，再度朝着巨龙杀去。

巨龙咆哮翻腾，掀起滔天骇浪，拼尽全力想要摆脱眼前这个孩童。可哪吒如影随形，步步紧逼，拳下生风，每一击都精准无比，打得巨龙连连后退。

"今日不扒了你的皮、抽了你的筋，怎能让你记住，这世界不是你这畜生能为所欲为的！"哪吒冷笑，杀气凛然。

巨龙大骇，它何曾遇见过这样恐怖的敌人？即便是那些曾与它交过手的仙人，也未曾让它如此狼狈。

"住手！本王乃东海龙王，若你执意如此，龙宫绝不会放过你！"巨龙怒吼一声，试图震慑哪吒。

"哼，吓唬谁呢？东海龙宫算个什么呀！"哪吒嗤笑一声，脚踏风火轮，如雷霆般降临，拳头以风雷之势再度轰向巨龙。

"砰！"

巨龙再度被击中，庞大的身躯猛然坠入海中，溅起百丈浪涛，在水中扭曲挣扎。哪吒一瞬间便站到他的头顶，五指如钩，死死拽住龙角，嘴角扬起一抹残忍的笑意："孽畜，你欺压百姓，吞食童男童女。今日小爷就替天行道，让你尝尝被扒皮抽筋的滋味！"

"不！住手——"巨龙惊恐地嘶吼，然而，他话音未落，哪吒已然发力。

"给我下来！"

"刺啦——"

伴随着一声撕裂天地般的巨响，哪吒竟生生将巨龙的整条龙筋从它体内拽出！

"啊——！"

凄厉的惨叫声响彻天地，龙王的庞大身躯在海面上翻滚挣扎，血液如江河般喷涌，浸染了整片东海。他的目光中充满惊恐与绝望，他怎么也没想到，自己身为堂堂龙族，竟会落得如此下场！

哪吒看着手中那根金光闪烁的龙筋，眼中满是冷漠。

"呵，倒是条不错的鞭子。"他随手一甩，龙筋在空中划过，啪的一声抽在巨龙身上。

巨龙浑身一颤，血肉横飞，已然虚弱至极，连哀号都变得无比细微。

"还想吃人？"哪吒目光森冷，手中龙筋再次扬起。

"不、不敢了……饶命……饶命啊……"巨龙再也没了先前的嚣张，竟在众目睽睽之下躺在海面上，不断求饶。

哪吒嗤笑一声："迟了！"

说罢，他甩出龙筋捆住巨龙，将他庞大的身躯生生拽了过来。

哪吒随手将剥下的龙皮抛向岸边，冷哼道："今日，便是你的死期！"

巨龙如死狗般被拖拽至岸边，他虚弱地挣扎着，双眼充满了无尽的懊恼与恐惧。

海岸上的众人目睹这一幕，眼中全是惊恐。

"小英雄，使不得呀！"

祭司带头跪倒，不断磕头，眼神恐惧与无助，声音颤抖地哀求道："小英雄，求求你，放开龙王！如果你再动手，这片海域附近的所有百姓都会遭殃！"祭司的声音中带着一种近乎绝望的情绪，额头汗水密布。

"小英雄，求你了，快停手吧！"一位年长的村民猛地往前爬行几步，拉住哪吒的腿不断摇晃，也哀求道。身后，众人也一个个接连跪在沙滩上，泪眼婆娑，声音哽咽，苦苦哀求。

只有那对兄妹例外。他们站在岸边，紧紧握住彼此的手。小姑娘看着哪吒，声音微弱，眼中闪烁着一丝崇敬与期待："小哥哥……我觉得你做得对，这样的龙王，不能放过。"

童男低头沉默片刻，随后目光复杂地望向跪倒在地的祭司和百姓，似乎在思索着什么。最终，他轻轻点了点头，目光坚定地说："是的，不该放过龙王。他为害百姓太久，今天终于有人能为我们报仇了。"

哪吒扫了那些大人一眼，又看了一眼那对兄妹，眼神中带着一丝疑惑，一时间竟然愣住了。然而，片刻之后，他的嘴角勾起一丝笑意，这笑颜虽然稚嫩，却仿佛蕴藏着锋刃。

"起来，不许跪！"

哪吒低头看着跪倒的祭司和百姓，声音清脆，带着不容置疑的意味："你们觉得只要这条恶龙在，就能保一时的平安，可结果他却只是为了自己的欲望肆意作恶，你们怎么还敢仰仗这样的恶龙？"祭司和百姓们哽咽着，却无人能反驳。

小姑娘微微睁大了眼睛，似乎从哪吒的话语中找到了某种力量。她紧紧握住童男的手，低声说道："哥哥，他说得对。"

童男没有说话，但眼中的光芒愈加坚定，也紧紧握着妹妹的手。

哪吒站直了身子，冷冷地瞪视着面前的巨龙，嘴角扬起一抹轻蔑的笑意："害人的孽畜，纳命来！"

随着他的话音落下，空气仿佛突然凝固，巨龙眼中的恐惧愈加浓烈，开始拼命地挣扎，想要从哪吒的掌控中脱逃，但无论如何也无法动弹。哪吒踏着风火轮飞身而上，拳头如雷霆般猛地接连砸下。

"轰！"

巨龙的头颅猛地撞击在海面上，水花四溅。巨龙的身躯剧烈地晃动着，眼中的生机越来越弱。

"轰——轰——轰——"

随着哪吒的拳头如雨点般落下，龙王终于失去最后的生机，缓缓沉入海中。

"完了，一切都完了……"祭司瘫坐在岸边，"龙宫里的龙族马上就会来复仇，我们一个也逃不掉……"

哪吒看了他一眼，双手叉腰，指着波涛汹涌的东海说："你们放心，小爷我向来帮人帮到底。龙王既然不讲理，我就把整个龙宫都给他拆了！从今往后，你们就再也不用害怕了！"

"什么？！"

祭司和百姓们惊恐地瞪大了眼睛，脸色煞白——东海龙族，岂是一个孩子可以抗衡的？

哪吒没有再说什么，他轻轻一跃，脚踏风火轮，一头扎进了深不可测的东海海底。

"加油，小哥哥！"小姑娘双手拢在嘴边，朝着海面大喊。

第十一节　定海神针

"扑通！"

哪吒一头扎进海中，海水立刻向两边分开，出现一条通道。

"这是怎么回事？"他虽然不知道为什么会出现这样的情况，但好玩的天性立刻战胜了好奇。他并不知道，自己的肉体经过昆仑玉髓淬炼之后，已经变得水火不侵了。

哪吒在海中兴奋地游来游去，看着四周的水流乖巧地让出一条道路，他忍不住哈哈大笑："哈哈，这水竟然不敢碰我，真是太好玩了！"他伸手搅动海水，看着水流在自己手指间旋转成一个个小漩涡，又用力一跃，借着海水的浮力轻轻翻了个跟头。

哪吒玩得正起劲时，一道阴影一闪而过——一条体型庞大的鲨鱼正悄无声息地朝他游来，双眼泛着幽幽的冷光，嘴巴微微张开，露出森白的利齿，像是在冷笑一样。

下一秒，那鲨鱼猛然一摆尾巴，张开血盆大口，直冲哪吒咬去。

"哗啦啦！"

一阵水流声响起，哪吒被鲨鱼整个吞进了肚子里。然而，下一瞬间，鲨鱼的大嘴忽然张开，在水里疯狂挣扎。再看它嘴里，只见哪吒举起双臂，硬生生把一张大嘴给撑开了！

"嘿嘿，逗你玩呢！"哪吒嘿嘿一笑，对准牙齿就是一脚。鲨鱼的大牙立刻掉了下来，嘴里血肉模糊，想要摆脱这个小魔童。可哪吒根本没打算放过它。只见他一个翻滚，灵活地翻到鲨鱼脑袋上，一拳砸下。鲨鱼吃痛，疯狂地甩尾想要摆脱，但哪吒的手像是铁钳一样死死地抓住它的背鳍，纹丝不动。

"游，给我往深海游！"哪吒大笑着，双腿一蹬，借助鲨鱼的力量直冲深海。鲨鱼被他打得不敢反抗，只能疯狂摆尾，载着哪吒一路向下游去。

越往深处，越是幽暗，四周的景色也逐渐发生变化，珊瑚礁逐渐减少，取而代之的是大片斑驳的礁石和一些倒塌的石柱。

哪吒眯起眼睛，隐约看到远处一座巨大的宫殿轮廓，心中一喜：龙宫到了！

他松开鲨鱼，鲨鱼得了自由，立刻拼命逃窜，不敢再回头看哪吒一眼。哪吒懒得理会，兴冲冲地向着龙宫游去。

可是，当真正的龙宫矗立在眼前时，哪吒一下子愣住了：偌大的龙宫，既不是金碧辉煌，也没有耀眼的珍珠宝石，反而异常荒凉破败。大殿残破，匾额歪斜，墙上满是岁月侵蚀的痕迹，海藻爬满了宫殿的石柱，整个龙宫看起来就像是一座被遗弃的鬼城，丝毫不见传说中的富丽堂皇。

"这里到底发生了什么？猴哥不是说东海龙宫里全是宝贝吗？难道是已经被他拆了……"哪吒挠了挠头，"难怪，刚才打那个老龙王的时候，一个帮忙的也没有。"

哪吒开始在龙宫中四处搜寻，希望能找到一点线索。但别说是龙，就连一个虾兵蟹将的影子都没见到。偏殿、兵营、宝库，他一一找遍，都是空荡荡的，眼中所见，只有残破的物品和散落的骸骨，看样子，很多骨头都是人类小孩子的。

"这个老畜生！"哪吒怒骂一声，找了口箱子，把骸骨全都小心地装了进去，又找了道深沟，用礁石把箱子压好。"我一定会带你们回去的，等我……"

做好这一切，哪吒继续四处查找，可找了半天，依然没有任何收获。他正打算离开时，眼角的余光忽然看到一块石头动了一下。走近一看，他皱了皱眉，绕着那块"石头"转了一圈，越看越觉得奇怪。这石头表面坑坑洼洼，灰扑扑的，表面还长满了绿藻，怎么看都像是乌龟壳，而且它刚才确实动了一下。

他伸出手，轻轻地敲了敲："喂，里面有人吗？不对，有龟吗？"

那块"石头"纹丝不动，哪吒又用力敲两下，仍然没反应。

"哎呀，既然是块石头，那就用拳头试试硬度吧！"哪吒故意提高嗓门，抬起拳头，准备给它来一记重拳。

就在拳头即将落下的瞬间，"石头"突然剧烈颤动起来，紧接着，一个苍老的声音从里面传出："别打，别打！小娃娃，老朽这把老骨头可禁不起折腾！"

话音刚落，那块"石头"缓缓裂开，露出一只布满皱纹的老乌龟脑袋，它睁开浑浊的双眼，打了个哈欠，似乎刚刚睡醒。

"嘿，还真是只乌龟！"哪吒瞪大了眼睛，好奇地蹲下来，打量着这只老乌龟，"你是龙宫的乌龟？怎么躲在这儿？"

老乌龟眨了眨眼，叹了口气，慢吞吞地说："哎……龙宫都变成这样了，我还能去哪儿？只能躲起来睡觉咯……"

哪吒摸着下巴，问道："那你知道这里发生了什么事吗？为什么龙宫变得这么破破烂烂的？"

老乌龟抖了抖壳子，慢悠悠地说道："这件事说来话长了，怎么跟你说呢？让我想一想……"

老乌龟来回踱了几步，忽然不动了，紧接着就响起了呼噜声。

"呼——呼——呼——"

哪吒一愣，简直要被气笑了，走过去敲了敲他的脑袋，说："别睡了，快告诉我发生了什么！"

老乌龟醒了晃了晃脑袋，又伸了个懒腰，这才慢悠悠地说："要说龙王呀，可是一位好龙王。还记得一万年前，那时我还是个王八蛋，龙王……"

"不要讲故事呀！"哪吒急得直跺脚，"说重点！"

"好、好、好……"老乌龟又整理了一下思路，这才继续说，"当年龙王得罪了昊天上帝，被剥夺神籍，昊天上帝派元始天尊将整个龙族都锁入困龙井，永世不得超生。"

"你的意思是，我刚才打的那条老龙不是真正的龙王？"

"当然不是，"老乌龟打了个哈欠，"那不过是一条妖龙罢了。真正的龙王怎么可能吃童男童女，他之所以得罪昊天上帝，就是因为帮助了百姓呀……"

"怎么说？"

"东海百姓供奉龙王，已经有好几千年了。大概在一千年前，昊天上帝忽然降下神谕，让人类拆掉龙王庙，改为供奉他。百姓们当然不愿意，昊天上帝大怒，命令龙王十年不得降雨。哎呀，这一下百姓可遭殃了，不到三年就饿死了一半。方圆千里，连草根和树皮都被吃光了。"

"什么狗屁昊天上帝！"哪吒听得生气，正要再骂，老乌龟赶紧做了个嘘声的手势，说："可不敢乱说话！"

见哪吒住了口，他才继续说："后来呀，龙王实在于心不忍，就违抗天庭命令，降下甘霖，结果……你也看见了……唉……东海百姓们这些年被妖龙控制，真是生不如死！"

"不讲理，太不讲理了！"哪吒气极，咬牙切齿地说，"困龙井在哪里，我要把龙王放出来！"

"可不敢呀，这可是逆天而行！"

"逆天？"哪吒双手握拳，仿佛一团炽热的火焰，在龙宫这片死寂的废墟之中燃烧。他的眼睛如星辰般璀璨，却又如雷霆般凌厉，浑身上下都散发出一股无畏的气息，仿佛天地间再没有什么能够束缚他。

哪吒轻蔑地一笑，语气中透着桀骜不驯："如果天道不公，那么这天，也可逆其而行了！"

声如洪钟，在龙宫回荡，震得海水隐隐翻涌，似乎被他这股气势所撼动。他的身影虽小，却仿佛撑起了一片天地，浑身气势爆发，像一把要斩破命运的利剑。

老乌龟愣愣地看着他，震惊、喜悦、恐惧、犹豫等表情在脸上一闪而过。多少年来，他见过无数生灵，但没有一个生灵敢说出如此惊天动地的话，更没有谁，能在这等压迫下，依旧充满不屑。

沉默了良久，老乌龟终于深深地叹了口气，苍老的眼里透出一丝前所未有的光亮。他盯着哪吒，慢慢地点了点头，声音低沉而悠远："小娃娃……你……也许，你真的能做到别人不敢做的事。"

他顿了顿，忽然抬起爪子，指向龙宫最深处："困龙井，就在那里。"

哪吒缓缓转身，迈着沉重却坚定的步伐，朝着漆黑的龙宫深处走去。他火红的背影，像刺穿黑暗的利剑。

东海最深处。

海水漆黑如墨，仿佛连时间都会在这里凝滞。四周一片死寂，唯有远处海沟深处传来隐隐的水流涌动声，如同古老的叹息。这里没有鱼群游弋，也没有珊瑚生长，一片荒凉，仿佛是天地遗忘之地。

在这片寂静的海底中央，一口古老的石井静静矗立。井口宽阔无比，四周嵌着早已斑驳的金色符文，闪烁着微弱的光芒。井口之上，一根擎天巨柱直插海床，柱身如山岳般雄伟，周身布满千万年来留下的水蚀痕迹，却依旧屹立不倒，散发着难以撼动的威压。

最引人瞩目的，是那根柱子上刻着的四个金色大字——定海神针。

这四个字笔力遒劲，透着一股凌驾于天地之上的霸气。即便经历了无数岁月的冲刷，字迹依旧清晰，锋芒毕露，仿佛在宣告着它不可撼动的地位。

哪吒站在柱子前，双手叉腰，眼中闪烁着兴奋的光芒："嘿，原来是这么个东西！"

他按捺不住，抡起拳头便朝柱子狠狠砸去，然而，就在拳头触及的瞬间，一股无形的压力反震而来。哪吒只觉手臂一麻，整个人被震得倒飞出去，在海底翻滚了好几圈才稳住身形。

"哟——好霸道的棍子！"哪吒甩了甩发麻的手，眼中却闪烁着更浓烈的战意。

他咬紧牙关，换了个法子，这次用双臂抱住柱身，用尽全身力气，猛地往上拔。可是，那根柱子仿佛扎根于天地，纹丝不动，哪吒憋得满脸通红，青筋暴突，仍然毫无作用。

"我就不信！"哪吒不服气，围着柱子转了九九八十一圈，砸了九九八十一拳，踢了一百多脚，推了一百多下……但无论他如何折腾，定海神针依旧岿然不动，仿佛整个天地都在庇护它，不允许任何人撼动分毫。

哪吒停下动作，喘着粗气，瞪着那四个大字，眼神里满是不甘："这到底是个什么鬼东西？"

哪吒愤愤地瞪着那根纹丝不动的定海神针，忽然，自他身后传来一道爽朗的大笑声："哈哈哈！是哪位兄弟在这儿大动干戈啊？"

哪吒一愣，猛地回头，只见一只猴子从远处优哉游哉地踱了过来。那猴子一身金黄毛发，双目炯炯有神，头戴醒目的凤翅紫金冠，身披锁子黄金甲，脚踏藕丝步云履，肩上还扛着一根比他还长的镔铁棍。

"猴哥？！"哪吒一看到来人，顿时眼前一亮，"你怎么跑到东海来了？"

孙悟空跳到定海神针前，瞥了一眼，又看了看气喘吁吁的哪吒，嘿嘿一笑："俺老孙本来是来海里找点乐子，结果远远就听到有人在这儿折腾，这不，循声找来，没想到是哪吒兄弟！"他瞅着哪吒上气不接下气的模样，咧嘴笑道，"怎么？连牛头马面都能收拾，还搞不定一根破柱子？"

哪吒脸一黑："什么破柱子？这可是东海的定海神针！"哪吒把龙族的事情大致讲了一遍，又指了指柱子上面的金色大字说，"你瞧见没？这东西死沉死沉的，根本动不了！"

孙悟空闻言，双眼骤然一亮，盯着"定海神针"四个字看了好几遍，喃喃道："定海神针？嘿，听起来倒像个宝贝，俺老孙正好缺件称手的兵器！"

"你要拿这个做武器？"哪吒听得目瞪口呆。

"对，俺就是要世间最拉风的武器！"说着，他围着柱子转了几圈,伸手敲了敲,啧啧称奇,"有意思,有意思!"

哪吒瞪大眼睛:"猴哥,这柱子比你高那么多,你能耍得动?"

孙悟空拍了拍胸口,满脸自信:"俺老孙天生力大无穷,这点重量算得了什么?"

说完,他活动了一下肩膀,猛地张开双臂,牢牢抱住定海神针,深吸一口气,脚下猛地一蹬,浑身肌肉绷紧,狠狠一拔——

"嘿——起!"

海底瞬间掀起一阵狂暴的水流,脚下的沙子被冲击得四散开,然而定海神针却依旧岿然不动,连一丝晃动都没有。

孙悟空脸上挂不住了,皱着眉头自言自语:"嘿,这玩意儿还真有点意思……"

哪吒见状,急忙跳过来:"猴哥,我来帮你!"

说着,他也抱住定海神针,双脚稳稳地踩在海床上,调动全身力量,说道:"再来!"

孙悟空点点头:"好!咱们兄弟齐心,这柱子还敢不动?"

两人同时发力,肌肉鼓起,青筋暴突,磅礴的力量冲向四周,整个海底顿时掀起狂暴的涡流,海水疯狂翻滚。

但是,定海神针依旧纹丝不动!

哪吒大口喘着粗气,疑惑地道:"这……难道真是天地定下的东西,不能撼动?"

孙悟空没有气馁,反而眼睛一亮,嘿嘿笑道:"什么天地,什么定下的东西,俺老孙才不吃这一套!"他说着绕着定海神针走了一圈,忽然转头看向哪吒,露出一个狡黠的笑容,"你看,咱们是不是一直在往上拔?"

哪吒愣了愣,点头道:"对啊,难道不该拔起来吗?"

孙悟空咧嘴一笑，眼中闪过一丝狡黠："嘿嘿，有些东西不是靠蛮力就能搞定的。俺老孙问你，要是你拔不出一棵树，你会怎么做？"

哪吒皱眉想了一下："当然是把树根周围的土挖掉……"

说到一半，他猛地一愣，眼睛瞪得溜圆："猴哥，你是说，这柱子有'根'？"

"聪明！"孙悟空哈哈一笑，双手一挥，整个人化作一道金光，绕着定海神针飞速转起，接着猛地向下，落在定海神针的底部。

"俺老孙倒要看看，它的'根'到底扎在哪儿！"

哪吒反应极快，立刻跟上，两人同时对定海神针的根部施力，向下挖去。随着他们不断挖掘，一些古老的金色符文渐渐显露出来，又迅速在水中消散，定海神针开始有了一丝松动的迹象。

忽然，四周的海水剧烈震荡，一道苍老雄浑的声音从柱身深处传来："吾乃天定之物，宵小之辈岂敢逆天而行！"

孙悟空和哪吒对视一眼，同时大笑，孙悟空大喝一声："哈哈哈，什么天呀地呀的，这柱子天生就该归俺！"

说完，他立刻腾空而起，重新抱住定海神针，全身法力轰然爆发，金光大盛，猛然一拔。

"轰——"

整片海底骤然震颤，原本死寂的海床裂开无数条巨大的缝隙，海水疯狂灌入，仿佛天地都在震怒。

下一瞬间——

"咔嚓！"

定海神针终于微微颤抖了一下！

孙悟空眼中闪过狂喜之色，再次爆发全部神力，猛地向上拔起。

哪吒也紧随其后，抱着柱子猛然发力。

"起——！"

"轰隆——！"

定海神针终于被拔离海床，整个东海竟在一瞬间陷入了诡异的宁静。

孙悟空兴奋地扛起定海神针挥舞了几下，神采奕奕："哈哈哈！俺老孙果然天生该使这根棍子！"

"拉风确实拉风，如果能变小一点就好了。"哪吒托着下巴说。

他话音刚落，那定海神针竟然像是听到了指令一样不断缩小，最后竟变成了一根金闪闪的棍子。

"有趣，有趣！"孙悟空兴奋得抓耳挠腮，"再小一点，最好能放到耳朵里！"

那棍子果然听话，很快就缩成了针一样的大小。孙悟空哈哈大笑，把它往耳朵里一塞："变化如意，以后就叫你如意金箍棒了！"

"恭喜猴哥！"

"兄弟，东海的事交给你了，俺老孙还有点事要去处理。"孙悟空说着拔下一根猴毛递给哪吒，"有需要俺的地方，拿出毫毛大叫三声，俺必定来助你！"

哪吒接过猴毛小心收好，再看悟空时，已经变成一道金光飞远了。

"这猴哥……"

第十二节　东海秘宝

哪吒正感叹间，海底突然传来一阵剧烈震动。他刚稳住身形，便见一股金色水流自深渊涌出，紧接着，一个庞大的井口显露出来，井的外壁上面铭刻着三个大字——困龙井。

下一瞬间，井口之中陡然爆发出一阵耀眼的光芒，狂暴的水流从中涌出，无数龙影腾空而起。整个海底仿佛沸腾了一般，一条条身躯庞大、龙鳞熠熠生辉的巨龙从井中冲出，仰天长啸，刺耳的龙吟声震得哪吒耳膜生疼。

"哈哈哈！我们龙族终于重见天日了！"一道苍老而威严的声音自井底传来，随即，一名须发皆白、威仪赫赫的龙王自水流中缓缓升起。他身着金色蟒袍，头戴九珠龙冠，眉宇间透着一股尊贵的气息，赫然便是东海龙王——敖广。

敖广旁边，站着一位八九岁模样的少年，正是龙王之子——敖丙。

敖广目光一扫，见到哪吒，见他气度不凡，海水不侵，顿时激动万分，连忙拱手，郑重道："这位小英雄，可是你救了我们龙族？"敖丙也感激地看着他。

哪吒点头说："其实……也不是我一个人的功劳……"当下把事情经过一五一十地说了。

敖广郑重地点头，沉声道："这定海神针确实是镇守东海的至宝，但它不只是镇海之柱，更是压在困龙井上的封印。今日多亏你们拔起神针，才让我等得以脱困。不知恩公有什么要求，龙族一定赴汤蹈火，在所不辞！"

"要求嘛……"哪吒想了想，忽然想起箱子里的骸骨，心里一动，说，"我只有一个要求，你们可要好好对待东海的百姓。"

敖广郑重点头，单膝跪地，带领众龙族齐声道："谨遵恩公教诲！东海龙族永世不忘恩公大恩！"

哪吒看着眼前密密麻麻跪了一片的龙族，额角滑下一滴冷汗。

"谨遵恩公教诲！东海龙族永世不忘恩公大恩！"

"谨遵恩公教诲！东海龙族永世不忘恩公大恩！"

"谨遵恩公教诲！东海龙族永世不忘恩公大恩！"

……

整齐划一，声震海底，震得哪吒心里直发虚。

他赶紧摆手："欸欸欸，别这样，别这样，我可没想过当什么恩公！"

半天之后，龙宫的办事效率再次震惊了哪吒。只见敖广大手一挥，虾兵蟹将们立刻进入工作模式，敲锣的敲锣，抬砖的抬砖，搬瓦的搬瓦，残破的水晶宫以肉眼可见的速度重建起来。

哪吒揉了揉眼睛，再次确认眼前的景象不是做梦——金碧辉煌的龙宫巍然屹立，琉璃瓦光彩夺目，珊瑚柱熠熠生辉，就连门口的牌匾上"东海龙宫"四个大字都焕然一新，显然是刚刻好的。

他嘴角抽了抽："……这才多久？龙族真是太厉害了！"

他四下张望，发现那些虾兵蟹将已经迅速归位，站得笔直，仿佛刚才的重建工作只是他的幻觉。

敖广笑眯眯地道："恩公谬赞了，不过是些不入流的小手段罢了。"

"不入流……小手段……"哪吒忍不住腹诽，心想，"你们这效率，天庭都该跟你们取取经了……"

他正感慨着，就听敖广恭敬道："恩公救我龙族于危难，感激不尽，就让小子敖丙带您去宝库，挑选几件称手的宝贝吧。"

哪吒一听，立刻两眼放光。他早听说东海龙宫宝贝最多，当下也不客气，跟着敖丙向一栋金碧辉煌的建筑游了过去。

"唉，我龙族的浩劫，也不知道结束了没有……"两人一走，敖广立刻眉头紧皱，满脸忧愁。

当年昊天上帝令元始天尊将龙族锁在困龙井，虽然已经过去了一千年，但并不代表事情结束了。他想着，还是得去见一见元始天尊才行。

"哇！东海龙宫果然名不虚传，真是宝贝数不胜数！"哪吒看着眼前的景象，嘴巴张得老大老大，只见一片辉煌，宝光四射，各种东西琳琅满目。

什么刀、枪、剑、戟、斧、钺、钩、叉、镋、棍、槊、矛、耙、鞭、锏、锤、抓、拐子、流星捶，应有尽有，直让人眼花缭乱。

"恩公……"敖丙恭敬地拱手道，"您看上……"

话说到一半，哪吒忽然跳过来，胳膊往他肩上一搭，笑嘻嘻地说："兄弟，快别叫我恩公了，身上都起鸡皮疙瘩了，叫我哪吒就好。"

"这怎么使得……"敖丙立刻正色道，"恩公……"

"我说了，不要叫我恩公！"哪吒再次打断他，"咱们以后就是好兄弟，我这次帮你，你下次帮我不就好了！"

敖丙见哪吒如此说，一时心里有些茫然。他从小在龙宫长大，即使被关入困龙井中，听的也都是规矩，突然被哪吒这样直率的话语搞得有些不知所措，愣了一下才勉强笑了笑，答应道："那好吧，哪吒兄弟，我明白了。"

"这才对嘛！"哪吒拍拍他的肩膀，立刻转身认真挑选起宝贝来，这是他现在的头等大事。

"对了，敖丙兄弟，你们被关了上千年，这些宝贝怎么还在呀？"

"这是我们用了龙族秘法，藏宝楼只有我们才能看到，带人进去。"

"原来是这样，你们太聪明了。"哪吒拿起一把剑，捏住剑身一用力，那剑竟然"咔"的一声断了。敖丙看得目瞪口呆，连忙提醒："恩……哪吒兄弟，那是飞剑……"

"飞剑？"

"对，要用灵力驱使的。"

"灵力？"哪吒挠头说，"可是我没有灵力呀，这可怎么办？"

敖丙一愣，不忧反喜道，"太好了！"

"好？！"

"不是。"敖丙连连摆手，"我的意思是，这里正好有两件上古时期留下的宝贝，不用灵力也能驱使，我带恩……哪吒兄弟去看看。"

敖丙带着哪吒穿过一条长长的走廊，来到龙宫宝库的最深处，停在一扇金黄色的大门前。

"五湖四海，水最朝宗。神符命汝，常川听从。急急如律令，开！"

敖丙掐诀念咒，一道金光闪过，门上立刻亮起龙纹雕刻，金光大盛。片刻之后，两扇大门洞开，只见门内中央摆放着一个刻满符文的黑色盒子，看上去非金非木，红光流转，十分古朴。

敖丙走上前掐了个法诀，宝盒的盖子轻轻弹开，露出一个古铜色的圈，上面缠着鲜红的带子。

"这两件宝物，"敖丙脸上露出一丝敬畏，"乃是混天绫和乾坤圈，具体是谁留下的，没人知道……"

敖丙的话还未说完，突然，两件宝物猛地震动起来，混天绫如同活物一般腾空飞起，乾坤圈也散发出一阵炫目的金光，悬浮在空中。

下一刻，两件宝物同时向哪吒飞扑而来。

"当心！"敖丙警觉地后退了一步，伸手将哪吒挡在身后。哪吒心中一暖——除了父母之外，这还是第一次有人下意识地要保护他。

"看我的！什么宝物，小爷今天就收了你们！"

哪吒往前一步跃出，挡在敖丙身前，全部力道灌注双拳，浑身战意盎然，要和眼前的宝物决一死战！

然而，接下来的事情出乎了他们的意料。

混天绫突然轻盈地飞向哪吒，缠绕在他的双肩之上，凌空飞舞，乾坤圈则滴溜溜地转了几圈，瞬间挂到了哪吒的脖子上，没有一丝一毫的敌意。

哪吒紧闭双眼，两滴泪水从眼角缓缓流下。这两件宝物上，竟然有一种无比熟悉而又温暖的感觉，与他心意相通。这股力量不仅仅是外界的物质能量，更像是他内心深处的一种呼唤，一种与生命息息相通的共鸣。泪水轻轻滑落，流到脸颊上，心底的某个角落突然被触动。

"娘亲……"哪吒轻声喃喃。

是的，在这两件宝物上，他感受到了母亲的气息。他也不知道它们是哪里来的，但母亲的气息无须确认，已经融在了他的血肉之中。

敖丙愣愣地看着眼前的一幕。乾坤圈与混天绫发出夺目的光芒，将哪吒缓缓托举到空中。

"轰！"

哪吒脚下，金毛犼忽然从虚空中跳出，化作一对风火轮。此刻的哪吒，仿佛天神下凡一般，升入了一个全新的境界，浑身散发出一种无与伦比的气场。

飞速旋转的风火轮带起一阵炽烈的风火之力，与混天绫和乾坤圈的光芒交相辉映，整个空间都仿佛被这股力量所充满，天地之间一片肃静。

哪吒的双眼渐渐睁开，眼中那股光芒像是穿越了万千时空，承载了千百年的记忆与力量。

他感受到自己体内汹涌澎湃的能量，那不仅仅是来自混天绫和乾坤圈的力量，更多的是与母亲遗留的气息产生了某种共鸣，内心的痛苦与孤独也渐渐被这股力量抚平。

"娘亲……"他再次轻声喃喃，这一次，不再是哀伤，而是一种深深的感激。他知道，母亲从未离开过自己。

"哪吒兄弟……"敖丙低声说道，"你与这两件宝物之间，显然缘分匪浅。"

哪吒从空中落下，目光炯炯有神，忽然做了个鬼脸，把胳膊搭在敖丙肩上，嘻嘻笑道："敖丙兄弟好眼力！小爷我可是走过南，闯过北，牛头马面压过腿的存在！宝物都有灵性，当然知道跟着谁有前途了！"

敖丙一时语塞——眼前的孩子，跟自己接触过的其他人都不一样。一会儿哭一会儿笑，确实是八九岁孩子该有的样子。

可他身上的力量和勇气，却超过了绝大多数的神魔。更重要的是，这个看似对一切毫不在乎的小家伙，骨子里有着惊人的坚韧与担当。即便笑闹之时，他的眼中也透着不可忽视的坚定与决绝。

"走，我带你去看个好东西！"敖丙拉着哪吒，头也不回地往外跑。

龙宫顶上。

"你看，月亮升起来了。"敖丙指着上方，透过深深的海水，能够看到一轮圆月挂在空中。

"你猜我能不能看到？"哪吒翻了个白眼，没好气地说。

"哈哈，是我疏忽了。"敖丙拿出一块圆形水晶样的东西递给哪吒，"拿着，用这个就能看到。"

哪吒歪着头，把水晶轻轻放在眼前，透过那块晶莹剔透的水晶看去，视野顿时变得清晰起来。他抬起头看向天空，那轮月亮犹如一颗洁白无瑕的明珠，静静悬挂在夜空中。

下面飘荡着一朵白云，小船儿一样把月亮托着，周围的星辰闪烁着微弱的光芒，时隐时现。银色的月光洒下，海面如同蒙上了一层银色的薄纱，波光粼粼。哪吒看着这一切，心中莫名泛起一种温暖的感觉，仿佛整个世界都被这轮月亮的光辉笼罩，沉浸在一片恬静而祥和的氛围中。

"好美……"哪吒轻声喃喃，眼中闪过一抹温柔的光，刹那间有些失神。他从小在陈塘关长大，天生力大无穷，举手投足间就会伤害到别人，所以从来就没什么朋友。

大家都怕他，躲着他，生怕在玩耍时不小心被他打伤。渐渐地，哪吒开始懂得自己与其他孩子的不同，把自己封闭在一座孤岛。他表面上嘻嘻哈哈，只是为了表明自己无害。就像一只刺猬，随时都要把全身的刺收起来，却怎么也藏不住。

敖丙呢？他从小生活在龙宫，父王把他当作继承人，除了说教就是说教。

每天，敖丙都在阅读典籍和学习法术之间忙碌，学习如何管理龙宫、如何掌管东海，如何成为一个合格的继承者。然而，这些繁重的责任和教导，从未给他带来真正的快乐。水族们把他当作高贵的太子，尊敬他，畏惧他，没有谁敢靠近，更没有谁敢跟他做朋友。他无法像普通的孩子一样，拥有简单的欢乐与友情。没有谁敢和他分享心事，也没有谁愿意与他一起嬉笑玩耍。

这一刻，在龙宫的屋顶，两个刚认识没多久的伙伴，心中居然都悄然涌起了一种深深的共鸣，第一次感受到什么叫作友谊。

"敖丙，你有什么梦想吗？"哪吒忽然抬起头问。

"梦想吗？"敖丙抬头望了一眼，没有任何犹豫，"我的梦想，就是让龙族重新成为神族，获得昊天上帝认可，重获神格。"

"那你还挺了不起的。"哪吒双手托着下巴，认真地说。

"对，这也是父王心里想的，他一直告诉我，龙族从妖族一步步走上巅峰，成为最强大的神族之一，如今虽然跌落神坛，但一定要拼尽全力，重新夺回昔日的荣光。"敖丙眼神坚定，拳头也不自觉地握紧。

"这是你的理想，还是你爹爹的理想呢？"哪吒皱着眉问。

"这……"敖丙一愣，他从没有想过这个问题，不过很快恢复了正常，"这是我父亲的理想，当然也是我的，你呢？"

哪吒忽然"嗖"的一声跳了起来，脚下风火轮一转，腾空而起。他伸出手，指向天际，脸上挂着灿烂的笑容。

"原来是没有的，现在有了。"他眨了眨眼睛，嘴角微微上扬，眼神中燃起前所未有的光彩，"我要这天下再也没有不平之事！管他神仙妖怪，谁要欺负人，我就揍他！"

敖丙愣了一下，随即失笑，摇摇头："你这算什么理想？"

"怎么不算？"哪吒咧嘴一笑，转头看着敖丙，"这就是我要做的事！"

"你更了不起。"敖丙点点头，又摇摇头说，"你比我更厉害，我只关心龙族，你却关心所有人。"

"不说这个。"哪吒忽然眨了眨眼，嘴角勾起一抹微笑，一本正经地说，"敖丙，我再问你个问题。"

"什么问题？"

"每个人早上起床后，都要先做一件事，你知道是什么吗？"

"啊？这是什么问题……"

"你回答就行！"

"先……洗脸？"

"错！"哪吒哈哈大笑，捂着肚子说，"先睁开眼！"

"……"

"哪吒你看，那是什么东西……"哪吒笑得正欢，一道裹着金色的白影忽然疾速飞来。

"着！"

哪吒伸手一抓，这才看清是一枚白玉牌子，他正要研究一番，姜子牙的虚影忽然在牌子中出现："哪吒，速回陈塘关！"接着虚影一晃，瞬间消失了。

"敖丙兄弟，我要走了！"哪吒看了一眼敖丙，心里虽然对这位新朋友万般不舍，但还是要离开。

"哪吒兄弟，保重……"敖丙伸出手，正要与哪吒告别，龙王的声音传了过来："敖丙，速速与哪吒一同前往陈塘关，元始天尊法令，助阐教登上封神榜，洗刷龙族罪孽，重获神格！"

第四章

风起朝歌

第十三节　大军出征

十天前。

朝歌，帝辛大殿之前，战鼓震天，旌旗招展，整个王城被一股滔天的杀气笼罩。

天未破晓，黑云压顶。朝歌城门外已聚集了密密麻麻的军队，三十六路大军列阵待发，刀枪如林，铠甲森然，寒光闪闪。大纛旗迎风狂舞，绣着黑龙的战旗在风中猎猎作响，宛如活物，俯瞰着这即将吞噬一切的战场。

最前方是商朝士兵，皆身披黑甲，手持长戈，目光如炬。他们训练有素，步伐整齐，犹如一片流动的铁壁，随着战鼓的敲击缓缓向前推进，每一步都震得地面颤抖。

而在这些士兵之后，才是纣王真正的主力——截教妖军。

一头头巨兽咆哮着，挣脱铁链，蹄爪踏碎大地，发出沉闷的轰鸣。它们有的生有六足，背生双翼，一跃百丈；有的全身覆满黑色鳞片，宛如铜墙铁壁，刀枪不入；更有猛虎身蛇尾的异兽，口吐烈焰，所过之处，一片焦土。

半空中，翅膀犹如黑云一般的怪鸟盘旋着，双目幽绿，发出刺耳的嘶鸣。更有背生双翅的妖将驾驭雷电，在云层间穿梭，手持长戟，俯瞰地面，如同择人而噬的鹰隼。

而在地面上，无数蝎妖、蜈蚣精游走在士兵之间，它们的甲壳反射着森冷的光泽，密密麻麻地涌动，宛如一股移动的黑潮。蛟蛇扭动身躯，吐芯低鸣，每当战鼓敲响，便昂首朝天，发出震耳欲聋的嘶吼。

天上地下，随处可见妖族的身影。

高台之上，纣王帝辛身披黄金战甲，手握长剑，傲然俯瞰着整支大军。他身旁站着妲己，狐媚的双眼微微眯起，唇角勾起一抹残忍的笑意，身后九尾晃动，妖气冲天。申公豹、费仲等一干妖人肃然而立，神情凝重。

"众将士听令，讨伐西岐——！"闻太师手持令箭，声如雷霆。

"讨伐西岐！"

"讨伐西岐！"

"讨伐西岐！"

······

三十六路大军，数十万妖魔齐声呐喊。战鼓擂动，阵阵轰鸣。滚滚黑云在朝歌上空翻腾，遮天蔽日。妖风呼啸，杀气冲天，宛如末日降临。

朝歌出兵，天下震动。

妖焰燎原，祸乱人间。

三十六路大军，如同黑色洪流，朝着西岐行进，天地间烽烟滚滚，杀气冲天。商朝以讨伐西岐为名，实则放纵妖军肆虐四方，百姓流离失所，生灵涂炭。

东海之滨，鬼哭狼嚎。

海妖大军自东海出击，黑浪滔天，狂风怒吼，海潮淹没了沿岸的城镇和渔村。鱼怪、海鬼、夜叉、鲛人蜂拥而上，拖着百姓沉入深海。能在海面自由行走的鲛人，如今眼中只有嗜血；夜叉双目赤红，在月色下疯狂撕咬人类。黑潮之中，凄厉的哭号声震云霄，久久不散。

北疆雪原，鬼魅横行。

北方的妖军踏碎冰原，雪夜之中，白毛巨狼游荡在风雪间，双眸如幽幽鬼火，成群结队地撕裂活人。更有千年冰魄复苏，化作雪鬼，身披寒冰铠甲，手持寒刃，行走之处，城池冻结，百姓在痛苦中化作冰雕。巨大的冰川巨妖悬浮在雪山之间，邪笑着吞噬亡魂，天地间只剩下一片死寂和寒冷。

中原腹地，鬼火漫天，焚城灭镇。

最繁华的中原，如今成为修罗场。妖军肆虐，火光冲天，烟尘弥漫，黑色的妖风掀翻屋宇，尸横遍野，鲜血顺着青石板流淌，汇聚成河。众妖将带领妖军入城，用鲜血写下诡异符文，召唤恶鬼占据废墟，在夜色中游荡。活人被炼成行尸，化作刀枪不入的士兵，疯狂地扑向昔日的亲人。凄厉的惨叫声响彻夜空，宛如人间炼狱。

南疆瘴地，毒雾弥漫，邪魔降世。

南疆的妖巫率领毒虫妖兽，施展邪术。蛊毒弥漫，瘴气滚滚，凡人触之，瞬间皮肤溃烂，五脏俱腐。无数尸体堆积成山，妖巫将尸山化作祭坛。夜里，村庄中响起诡异的歌谣，那是妖巫控制活尸的咒语，尸群踏着整齐的步伐，冲向尚存生机的村落，带去无尽的绝望。

西北荒漠，黄沙蔽日，妖虫吞人。

滚滚黄沙之中，万里不见天日。妖军中最阴毒的蝎妖、蜈蚣精穿梭地底，悄然潜入村落，忽然破土而出，将人拖入地狱般的黑暗深渊。蝎妖的毒针一刺，凡人瞬间化作枯骨。妖蛇游荡在废墟间，吐着猩红的芯子，寻找残存的生灵。而后，荒漠上升起点点鬼火，那是妖军焚烧尸体后留下的冤魂，永世不得安息。

天地变色，哀鸿遍野。

商军出征，三十六路大军焚城屠村，残害苍生。天降血雨，雷电轰鸣，天地间似有神灵悲泣。然而，昊天不言，天庭无动于衷，众生苦难无处诉说。

曾经车水马龙的城镇，如今只剩残垣断壁；曾经孩童欢笑的村庄，如今满地焦骨。人间到处都是流离失所的百姓，他们面黄肌瘦，眼神呆滞，哭喊声与哀号声交织成一曲悲怆的哀乐。

烽火蔓延，尸骨遍地。

这一日，商军讨伐西岐，天下陷入无尽黑暗。

这一日，妖焰燎原，人间已非人间。

好在黑云滚滚之中，仍有一点点金光闪烁，阐教众仙迅速遍布天下，帮助百姓斩妖除魔。

西岐，昆仑气象，浩然正气弥漫天地。

姜子牙端坐高台，身披金色道袍，须发飘然，目光深邃。他静静地看着前方，那是三十六路大军杀来的方向，黑云翻滚，妖气冲天，仿佛吞噬天地的巨兽正张开血盆大口。

"人间已非人间……"姜子牙叹息，声音低沉。

身旁的杨戬、哪吒、雷震子等西岐战将皆已披甲执兵，目光冷峻，杀意凛然。城下，西岐军士严阵以待，戈矛如林，甲胄森然，每一个士兵的眼中都燃烧着愤怒的火焰——他们知道，这场战斗，不只是西岐的存亡之战，更是天下苍生最后的希望。

"太公，"杨戬上前一步，沉声道，"商军已近，妖魔四起，苍生涂炭。请求出兵！"

姜子牙缓缓抬头，看向阴沉的天空，叹道："天道无情，人道未绝。"

天道，早已沉默不语。

人道，仍有微光闪烁。

他收回目光，看向众将，沉声道："吾等身负天命，非为一国之战，而为人间正道。即便天命已乱，妖焰滔天，我等亦要守住这最后一方净土和万千百姓。"

西岐，不能败。

姜子牙手中拂尘轻甩，神情肃穆，迅速传令："传令下去，天雷阵、风火阵、五行大阵立刻布下！哪吒、雷震子，你二人率三军迎敌，务必抵挡住商军锋锐；黄天化、土行孙，你等速往四方召集援军，拯救天下苍生……"

"是！"

众将领命而去。这一刻，西岐成了战场，成了人间最后的一座堡垒。

天色愈发阴沉，黑云压城，狂风怒号。远处的地平线上，已经能看到铺天盖地的妖军，在申公豹的率领下席卷而来，怒吼声、战鼓声，汇聚成震耳欲聋的杀伐狂潮。

姜子牙负手而立，轻叹道："天命，终究还是要由人来改写。"

他抬起手，一道浩然正气冲天而起，昆仑仙气化作金色光辉，洒落西岐，为原本萧索的战场点燃了亮光。

三日前，陈塘关。

费仲率领妖族大军列阵城下，在他左右两侧站着两只妖怪。一个是全身被白色长毛覆盖的巨猿，身后大旗上绣着"郑伦"两个字；另一个是浑身长满黄色绒毛的巨猴，身后旗帜上有"陈奇"二字。这两只怪物，嘴大得出奇，吼声震天，甚至盖住了身后滔天的喊杀声、怪叫声。

李靖率领陈塘关众将士站在城墙上，金吒、木吒分立两侧，与费仲大军隔空对峙。

"李靖，你个吃里爬外的东西，身为陈塘关总兵，却与阐教暗通款曲，大王派我来取你性命，乖乖受死吧！"费仲举起手中长剑，直指李靖。

李靖面色肃然，怒视城下的费仲，大声喝道："费仲！纣王宠信妖妃，沉迷美色，不理朝政，致使天下生灵涂炭，如今更纵妖作乱，残害百姓！我陈塘关乃人族屏障，岂容你等妖孽肆虐！"

费仲冷笑一声，长剑一挥，阴阳怪气地说道："李靖，你不要自诩忠臣，冥顽不灵！今日你若献城投降，本尊还可在大王面前为你美言几句，留你一条狗命，否则，等我妖族大军破城之时，定要你陈塘关血流成河！"

"不要废话了！"李靖怒喝，"我李靖宁死不降！来战吧！"

费仲冷哼一声，猛然一挥手中长剑，大喝道："攻城！"

霎时间，妖族大军发出震天怒吼，潮水般冲向陈塘关。

郑伦与陈奇腾空而起，犹如流星，落在城墙之外。这两只妖怪本是天生神力之妖，如今得妖族秘术加持，更是凶猛异常。

郑伦张开血盆大口，猛然发出一声低沉的"哼——"，音波犹如狂风骤雨，狠狠地冲击着城墙。顿时，砖石碎裂，士兵纷纷倒地，捂住耳朵，痛苦地惨叫。

紧接着，陈奇张开狰狞巨口，发出震耳欲聋的一声"哈——"，如雷霆轰鸣，空气震颤，离得近的士兵当场被震得昏死过去。

金吒与木吒见状，立刻从城头飞身跃下，拦在郑伦、陈奇二妖面前。

金吒手持金枪，冷冷地喝道："妖孽，休要猖狂！今日便让你们尝尝我们的厉害！"

木吒则持双剑，目光凌厉，怒斥道："哼哈二将，不过是两个靠声音作乱的畜生，也敢如此猖獗？！"

郑伦、陈奇咧嘴怪笑，郑伦讥讽道："小娃娃，就凭你们两个也想挡我们？"

陈奇狞笑道："无知小儿，看你们如何抵挡！"

说罢，两妖同时张口，正要再次施展音波攻击。

金吒眼神一凛，瞬间催动金枪，身形如闪电一般冲向郑伦，长枪划破长空，化作一抹金色流光，直刺郑伦的喉咙！

木吒则运转灵力，将双剑抛向空中，手掐剑诀，催动咒语：

"天地玄宗，万炁本根。

广修万劫，证吾神通。

三界内外，唯道独尊。

体有金光，覆映吾身……"

下一刻，双剑化成漫天剑光，金光闪烁，如同暴雨一般向陈奇笼罩而去。

四大高手交战，瞬息之间，妖气翻腾，剑光纵横，音波轰鸣，天地之间震荡不已。

陈塘关，血战开启！

妖族大军如潮水般冲向城门。地面上，最前方是一只浑身赤红、双目血红的巨兽，喷吐着炙热的火焰，直扑陈塘关城门。火焰巨兽身后，巨大的石矶妖兽，嶙峋怪石布满全身，身躯如同一座小山，肩背上长着四根锋利的犄角，气势汹汹，仿佛能够将一切障碍粉碎。

天空中，密密麻麻的妖怪扇动双翼，遮天蔽日。这些妖兽，翅膀大如黑云，羽毛坚如钢铁。每一次拍打，空气中便传来震耳欲聋的轰鸣声，犹如雷霆炸响，从各个方向涌来，黑影错乱交织，形成巨大的阴影笼罩着陈塘关。

这些妖怪中，有的是身形庞大的翼蛇妖，其身长如龙，背生双翼，吞吐黑雾；有的是狡猾奸诈的夜叉妖，能在空中极速飞行，擅长远程攻击；还有一些小妖怪，能够四处快速穿梭，专门进行骚扰和偷袭。

李靖站在城头，目光如电，扫视着眼前的情景："众将士听令，死守城墙！"

城上众人齐声呐喊："死守城墙，绝不后退！"

"众仙结阵，弓箭准备，集中火力，阻击空中的妖怪！"

数十位阐教仙人结成法阵，念咒声升腾而起，仿佛黄钟大吕，天地之间瞬间充盈浩荡之气：

"天地玄宗，万炁本根。

广修万劫，证吾神通。

天尊助吾，降魔诛妖，

金光天降，万灵化雨。

急急如律令！"

随着咒语催动，天空中的黑云"轰隆"一声被一缕金光破开，化作点点光斑洒在箭头之上。

"放箭！"

李靖一声令下，城墙之上万箭齐发。箭矢如暴雨般带着浩然正气射向空中的妖怪，利箭与法阵在空中形成一道金色屏障，抵挡住了妖怪们的攻击，迫使它们不得不暂时退避，一时之间谁也奈何不了谁。

城墙的危机刚刚化解，城门立刻传来急报。

地面。火焰巨兽张开巨口，烈焰熊熊，烧得铁铸的城门如同赤炉一般，数名将士已被吞噬，发出痛苦的哀号，火焰的热浪冲击城门，炙烤得空气扭曲变形。然而，陈塘关的士兵们英勇无畏，一旦出现空缺，身后立刻就有士兵补了上来，举起盾牌，寸步不让。

"我们来啦！"

就在此时，已在陈塘关定居百年的唤水兽们发出一声震天的吼叫，冲向前线，庞大的身躯如山岳般巍峨，眼中蓝色水波般的光芒闪烁。

"如果没有李大人，我们一族早就死绝了！现在正是报恩的时候，与我一起，死守城门！"

唤水兽族长一声令下，大家伸出长臂，如同一根根巨型水管，喷出九阴玄水，水柱如瀑布般汹涌而下，扑灭了从火焰巨兽口中喷出的熊熊烈焰。水遇火焰顿时蒸腾成云雾，带着炙热的气流消散，原本红如火炉的城门也渐渐冷却。

水雾弥漫之中，唤水兽与火焰巨兽隔着城门对峙。

眼看火焰攻击无法奏效，费仲双眼赤红，发出一声低沉的怒吼："给我砸！"

石矶妖兽怒吼一声，手中瞬间幻化出一根巨大的石柱，朝着城门狠狠砸下。

"轰！"

石柱如山岳般猛砸而下，轰鸣声响彻云霄，城门剧烈颤抖，砖石四散飞溅。那一击，宛如天崩地裂，整个陈塘关的防线似乎都在这一瞬间被震动了。

门口的士兵被震得飞向空中，鲜血从口中喷涌而出。但是，陈塘关的城门，怎么可能这样被轻易攻破！

"将士们，跟我一起，死守城门！"

此时，李靖从城墙上一跃而下，大喊一声，众将士合力抬起一根巨大的木柱顶住城门，建起一道坚固的屏障。

"轰隆！"

石柱再次砸下，城门再次剧烈震动，砖石飞溅，尘土弥漫，木柱被震得往后一退。

"顶住！"

李靖一声怒吼，战士们再次奋勇上前。

"轰隆隆！"

石柱再次狠狠砸下，木柱发出一声巨响，已经有些开裂，城门摇晃得愈加剧烈，砖石纷飞，数名士兵被掀飞，摔倒在地，鲜血洒了一地。

李靖咬紧牙关，眉头紧锁，目光如铁："战士们，一定要守住城门！我们的身后，是无辜百姓，是我们的家园！"李靖的声音充满力量，震耳欲聋。他将全身力量都集中在双手之上，抱紧木柱。眼前的敌人虽然强大，但陈塘关的将士，没有一个是孬种！

"我们陈塘关的将士，只有战死！"

"只有战死！"

"只有战死！"

……

将士们的怒吼声响彻云霄！

城门外，费仲嘴角勾起一抹冷笑。眼前普通人类士兵的怒吼，在他看来如同儿戏。看着城门上的裂缝，他知道，只要石矶妖兽最后一击，就能攻破眼前的城门。

"给我砸烂这扇破门！"费仲的脸扭曲成一团，恶狠狠地发号施令！

"吼！"

石矶妖兽怒吼一声，只见他将石柱高高举起，将全部力道贯注在石柱之上，朝着城门狠狠砸下！

第十四节　水淹陈塘关

石矶妖兽高举巨大的石柱，用尽全身力气，朝着城门狠狠砸下。即使隔着城墙，也能听到雷暴一样的破空声！

所有的将士仿佛已经看到了城门被攻破之后的惨状，他们屏住呼吸，用尽力气撑住城门，等待最后一刻的降临。

"誓与陈塘关共存亡！"李靖举起长剑，大喝一声。

众将士齐声呐喊：

"誓与陈塘关共存亡！"

所有人都目光坚定，甘愿为身后的家人、百姓献出鲜血与生命，没有一个孬种，没有一个人后退半步。即使城门不保，即使陈塘关被攻破，千百年之后，仍然有人记得他们的英勇事迹，仍然有人为他们唱响赞歌，仍然有人被他们鼓舞，选择成为英雄！

战士们眼中映着石柱的影子，所有人都屏住了呼吸——

"呼！"

忽然，就在石柱砸中城门的一瞬间，一道黄色的龙卷风拔地而起！

狂风如怒龙般咆哮而来，卷起漫天黄沙，将整个战场笼罩。狂风之中，一个身影若隐若现，他披着破旧的黄袍，眼中闪烁着妖异的金光。

"都让开！"那身影大吼一声，声音夹杂在风暴中，如雷霆滚滚。

风暴瞬间席卷石矶妖兽的身躯，那原本直直砸向城门的石柱被飓风猛地一卷，竟然歪向一侧，狠狠砸在地上，震得尘土飞扬。紧接着，狂风越刮越猛，化作一道道风刃，席卷整个战场。费仲的士兵被吹得人仰马翻，火焰巨兽的烈焰也被风暴扑灭，只剩下滚滚浓烟在半空盘旋。

"黄风怪！"费仲看清了来者的模样。

这正是哪吒在大战金毛犼时放走的——黄风怪！当初哪吒手下留情，放他一条生路，没想到此刻，他竟带着族人赶来救援陈塘关。

黄风怪站在风眼之中，冷冷地看向费仲，声音低沉："你们这些助纣为虐的狗腿子，竟敢攻打陈塘关？！"

费仲大怒，袍袖翻飞，挥手示意众妖兵继续冲锋，向黄风怪冲了过去。然而，狂风散去，它们这才看清楚，风眼之中何止黄风怪！

"族人们，与我一起，保卫陈塘关，结阵！"

随着黄风怪一声令下，黄风怪一族的战士们纷纷踏步向前，他们身披黄袍，脚踩天罡步，每一步都激起漫天黄沙。他们没有翅膀，却能掌控风沙之力，抬手之间，黄沙翻腾，如巨浪席卷，将敌军笼罩其中。

"起风！"

黄风怪的数十名族人齐声怒吼，挥掌拍向地面，沙土翻滚，瞬间化作一道道风柱冲天而起。黄沙在半空中凝聚，如同一只只巨型沙手，猛地抓住冲来的妖兵，将它们狠狠甩飞出去。

"轰！"

大地震颤，风沙翻涌，费仲的士兵惨叫连连，纷纷被抛向空中，狠狠砸落在地，溅起尘土漫天。

费仲脸色一沉，怒吼道："给我冲进去，杀了他们！"

石矶妖兽和火焰巨兽们听令，再次咆哮着冲向黄风怪一族。然而，就在此刻，黄风怪手下的战士们迅速结成阵型，他们彼此相连，双掌猛地拍击地面。

"黄风——地罡阵！"

"轰！"

狂风卷起黄沙，化作一面巨大的沙壁，横亘在战场之上。石矶妖兽手持巨石狂砸而下，然而，那些沙壁仿佛活物一般，瞬间崩解，化作无数细小的沙流，躲开攻击，再次在另一处凝结成形，挡住敌军的进攻。

费仲的眼中闪过一丝惊愕，他没想到，这群妖怪竟能凭借风沙之力如此巧妙地抵御攻势。

"放火，焚烧沙壁！"他厉声下令。

火焰巨兽们张口喷吐火焰，炽热的烈焰瞬间吞噬了沙墙。黄风怪眯起眼睛，猛地一挥袖袍，狂风呼啸而出，化作一条巨大的风龙，席卷着沙尘冲天而起，烈焰瞬间被风沙吞没，化作无数暗淡的火星。

就在费仲惊愕于黄风怪一族的强大时，忽然，陈塘关中响起惊天的号角声，下一刻，紧闭的城门"轰隆"一声大开，一支全副武装的军队如怒涛般冲杀而出。

"杀！"

李靖一马当先，身披盔甲，手持长枪，身后的士兵如潮水般汹涌而来，战意冲天。他们眼中燃烧着炽热的战火，早已忍耐多时，如今终于杀出城门，誓要让敌军血溅当场！

"黄风族人，随我杀敌！"黄风怪大吼，率领风沙战士们迎头冲向妖怪大军。

敌我大军瞬间绞杀在一起！

李靖枪出如龙，寒光闪烁之间，便挑翻数名妖兵。他纵身一跃，长枪猛刺，直接洞穿了一只火焰巨兽的咽喉，火焰顿时熄灭，妖兽痛苦地嘶吼着倒地。他抬手拔枪，身形旋转，一记横扫，将冲来的两名妖兵直接扫飞数丈之外。

"冲！杀！"

将士们紧随其后，如猛虎下山，长刀劈斩，短戟刺喉，刀光剑影之间，妖怪大军节节败退。

"风刃斩！"黄风怪猛地挥手，一道道风刃在空中交错而出，如利剑般撕裂妖兵的铠甲，鲜血飞溅。黄风怪的族人们也趁势冲入敌阵，他们步伐迅捷，身形如风，掌控风沙，将敌军撕裂得七零八落。

"快，快退！"费仲眼看形势不妙，惊恐地大吼。

然而——

"万箭齐发！"

城墙之上，早已待命多时的弓箭手们纷纷张弓搭箭，伴随着将领的一声令下，密密麻麻的箭雨划破天空，犹如死神的利刃，向妖军狠狠射去。

"嗖嗖嗖！"

黑压压的箭矢穿透空气，破风而至，瞬间洞穿了冲在最前方的妖兵们的身体！惨叫声此起彼伏，妖怪大军被箭雨射得血肉模糊，纷纷倒地。

黄风怪见状，猛然跃上高空，双手一挥，一股恐怖的飓风拔地而起，竟然将费仲身旁的妖兵卷至半空，狠狠抛落在地，砸得血肉模糊。

费仲额头冷汗直冒，他知道再打下去，自己恐怕也要命丧此地。眼见溃不成军，他咬紧牙关，愤恨地瞪了李靖与黄风怪一眼，猛地一挥袖袍："撤退！"

"撤退！"

妖怪大军如丧家之犬般四散奔逃。哼哈二将也不敢再与金吒、木吒缠斗，落荒而逃。

李靖长枪直指前方，厉声喝道："追击三十里，不可恋战！"

士兵们高声应诺，踏着妖军的血迹追杀而去。

这一战，陈塘关大获全胜！

夜幕低垂，陈塘关内灯火辉煌，家家户户欢声笑语，庆祝着这场来之不易的胜利。城墙上，残留的血迹已被冲洗干净，但空气中仍弥漫着一股铁与火交融的气息。经历了白天的殊死搏杀，幸存下来的将士与妖族们围坐在篝火旁，脸上洋溢着劫后余生的喜悦，举杯畅饮，共享胜利的喜悦。

篝火熊熊燃烧，映红了每一个人的脸庞。将士们抱着酒坛，大口饮下烈酒，拍着胸膛哈哈大笑；妖族们也难得地展露出憨态，唤水兽摇摆着庞大的身躯，伴着鼓声笨拙地跳起舞来，引得众人哄堂大笑。

"来、来、来，李大人，咱们喝一杯！"黄风怪提着一坛酒，笑着递给李靖。李靖笑着接过，大口饮下，烈酒入喉，他畅快地擦了擦嘴："痛快！"

"再来一曲！"一个年轻士兵高声喊道。顿时，战鼓擂响，乐器奏鸣，妖族与人族的舞者纷纷起身，围绕着篝火翩翩起舞。妖族的舞蹈充满野性和力量，人族的歌声悠扬动人，汇成了一曲响彻天地的凯歌。

酒馆里，掌柜亲自端上最好的佳酿，免费招待所有前来喝酒的英雄，酒香四溢，欢声笑语不断；面摊上，热腾腾的汤面被一碗碗端上桌，孩子们捧着碗大口吸溜，脸上满是满足的笑容；小贩们沿街叫卖糖葫芦和各色小吃，平日里胆小的孩子们围着妖族们嬉戏玩闹。一个小女孩怯生生地走到黄风怪身旁，递出一串糖葫芦："黄风大叔，给你吃……"

黄风怪愣了一下，随即哈哈大笑，接过糖葫芦："好、好、好，谢谢你，小丫头！"

在陈塘关，人妖不再对立，而是像一家人般彼此信任、相互依靠，和谐共处。

李靖静静地看着眼前的一切，喃喃道："这就是我们战斗的意义吧……"忽然，一股强大的气息出现在城外，他抬头朝那个方向看了一眼，一股不祥的预感涌上心头，"大家早点休息，妖族不会善罢甘休！"

夜空下，陈塘关的灯火依旧闪耀，这座城池重新焕发了生机。胜利的欢笑声，仍在这片土地上回荡，人妖共存的美好，也在这夜色中悄然生根发芽。

陈塘关外，费仲的嘴角勾起一抹残忍地笑："有了这借来的宝贝，明年今日，就是你们陈塘关众人的忌日！"

深夜，夜空中繁星点点。白天的喧闹消失，整个陈塘关沉沉入梦。

忽然，天边涌来滚滚黑云，将整个陈塘关上空全部笼罩，漆黑如墨。费仲立于云端，眼中透着幽深的寒光。他缓缓抬起手，掌心升起一道诡异的黑色法光，低沉的声音在风中呢喃，如同冥界鬼吟：

"玄元黑蟒，吞天噬地，

九幽冥水，破城灭世。

万川倒灌，万壑齐崩，

水起苍茫，天地无踪！

北方玄元控水旗，着！"

随着最后一个字落下，天际骤然劈下一道青蓝色雷霆，贯穿黑云，雷光之中，一面黑色的旗帜呼啸而降，落入费仲掌中。

黑色的旗面在风中猎猎作响，旗上绣着的黑龙仿佛活物般扭动，紧接着，水纹泛起蓝光，隐隐浮现龙蛇游走的虚影。费仲冷冷一笑，猛地将黑旗高高扬起。

"起！"

随着费仲一声怒喝，玄元控水旗迎风招展，天地间骤然刮起一阵狂风，紧接着，乌云中出现一个巨大漩涡，仿佛打开了通往九幽的通道。

下一瞬间，沉闷的轰鸣声从四面八方传来——

"轰隆隆！"

天空裂开一个巨大的裂缝，远处的河流、湖泊、溪泉……所有的水流仿佛被一股无形的力量牵引，疯狂地从裂口倾泻而下，向陈塘关汇聚而来。巨浪翻滚，汹涌澎湃，仿佛千军万马般奔腾而至。一条条水龙腾空而起，在夜色下狰狞咆哮，随后带着毁天灭地之势，朝着陈塘关轰然冲去。

城外的护城河顷刻间决堤，洪流如猛兽般怒吼，狠狠冲击着城墙。城门前的街道瞬间化作泽国，水流疯狂灌入城中，房屋被瞬间淹没，倒塌，百姓惊恐地尖叫、哭喊，四散逃命。

"阿妈！救我！"

一个瘦小的孩童被洪水卷向街角，拼命挣扎，哭喊声被滔天巨浪淹没。母亲绝望地扑向水中，却被汹涌的浪潮冲得踉跄跌倒，眼睁睁地看着孩子被吞入水底。她撕心裂肺地嘶吼，哭喊声回荡在破败的街巷，却无人能应。

"轰！"

一座高耸的塔楼在水流的冲击下轰然倒塌，砖石四溅。房屋屋顶被掀翻，梁木砸入水中，激起数丈高的浪花。街道变成水泽，曾经车水马龙的集市，如今只剩下翻滚的浊浪。

"救命啊！"

一名老人死死抱住一根浮木，随着洪水漂流，身后是倒塌的屋舍，他的老伴却被水冲走，连最后的呼喊都未能听清。

一座神庙中，修行的人们拼命撞钟，试图提醒百姓逃生。然而下一瞬间，庙门被水流撞开，昊天上帝、元始天尊的神像被瞬间冲倒，铜钟猛地倾覆，震耳欲聋的轰鸣在洪水中回荡……

人们挣扎着爬上屋顶，紧抱彼此，水位不断上涨，天地间只剩下哭喊与绝望。在滔天洪水面前，死亡，似乎只是时间问题。

"快！救人！"

就在这绝望之际，一声洪亮的怒吼从天而降，紧接着，一股狂风自城外呼啸而入，撕开一条短暂的生路。

黄风怪率领族人冲入水中，无数黄沙化作浮桥，将被水困住的百姓引向屋顶。黄风怪亲自跃入洪流，一把拽住被冲走的孩童，将他稳稳托起，交给在高处避难的母亲。

"快带孩子走！"

"谢……谢谢……"母亲泪流满面，紧紧抱住自己的孩子。

另一边，唤水兽一族狂奔而来，踏浪而行，巨大的身躯在水中稳如磐石，每只唤水兽都驮着数十名百姓，踏着水波冲向高地。

"族长，水太急，我们撤不完这么多人！"

"那就引流！"唤水兽族长怒吼一声，"我们唤水兽一族的血脉，能够引导水势，快，给我打开缺口，让水往城外流！"

十几头唤水兽齐齐跃入水中，口中喷出漩涡般的蓝光，狂涛巨浪仿佛被赋予了生命，竟朝着指定方向流走。然而，在滔天的洪水面前，唤水兽的作用简直是杯水车薪。

"所有士兵，保护百姓！别让他们被洪水冲走！"

李靖身披铠甲，手持长枪，冲入水中，亲自背起受伤的老兵，将他送上安全地带。他如山般挺立，宛如一座不倒的丰碑，继续指挥着："用绳索搭桥，帮助百姓转移！"

士兵们将一根根长绳抛向不远处的屋顶，让惊恐的百姓抓住，艰难地向城墙移动。而那些年轻力壮的战士，则结成人墙，死死抵挡洪水，将更多人送至安全地带。

然而，尽管众妖与士兵们拼尽全力，洪水仍在不断上涨，毁灭只是时间问题。狂暴的洪水翻腾咆哮，似乎要吞噬一切。无数房屋在水流中坍塌，街道早已不复存在，只剩下一片汪洋。哭喊声、怒吼声、木梁折断的"咔嚓"声混杂在一起，在黑夜中汇成了一曲末日挽歌。

水位仍在不断上涨，已经淹过了寻常民房的屋顶，百姓们抱着最后的希望攀上高处，城墙成为他们唯一的依仗。然而，此刻的城墙，正在发出不祥的声响。阐教众仙结成法阵，拼命地将金光注入城墙，防止坍塌。

然而，一切似乎都是徒劳……

一道震耳欲聋的巨响骤然炸开，李靖猛地回头，只见城墙上竟然出现了一道道令人恐怖的裂痕。

"不！"

他大喊一声跑到裂缝处，用双手拼命抓住两边，用尽浑身力气，想要把城墙重新合在一起。可是，人力岂能逆天？原本坚固如山的墙体在洪水的冲刷下，砖石剥落，缝隙间涌出水流，如同裂开的伤口。

"城墙……城墙要塌了！"

士兵们惊恐地大喊，他们拼命想要加固破损的地方，但在这无穷无尽的洪流面前，一切努力都无济于事。

"爹爹，快走！"金吒和木吒拉着李靖，把他强行带离。

"所有人撤离城墙，快！"李靖怒吼，声音带着前所未有的决绝。

可是已经晚了……

"轰！"

一声惊天巨响，东侧城墙首先崩塌。十丈高的石墙轰然倒下，砖石如雨点般砸入洪水之中，激起千层巨浪。无数士兵和百姓被水势吞噬，瞬间消失在黑暗的波涛之下。

与此同时，没有了城墙的阻挡，水流势如破竹，带着无法抵挡的威势，横扫整个陈塘关。

"城门顶不住了！"

守城士兵发出最后的绝望怒吼，可他们的声音刚刚落下……

"轰隆隆！"

巨大的铜铸城门在水流的冲击下轰然崩塌。

"不！"

李靖目眦欲裂，却只能眼睁睁地看着自己的城池，被洪水彻底吞噬。

城破了！

与此同时，云端之上，费仲静静地俯瞰着这一幕，嘴角勾起一丝残忍的笑意。他缓缓收起玄元控水旗，看着滔天洪水肆虐陈塘关，看着无数人绝望地挣扎，眼中没有丝毫怜悯。

"今日便是陈塘关彻底覆灭之时！"

费仲微微闭目，等待着洪水吞噬最后的生机，然后率领妖族，彻底踏碎这座城池！

第十五节　陈塘关悲歌

惨淡的晨曦透过厚重的乌云，映照在满目疮痍的陈塘关。洪水渐渐退去，曾经热闹的街道此刻已然成了废墟，到处都是断壁残垣……整个陈塘关一片死寂。

辛存的百姓蜷缩在高处，他们衣衫褴褛，面色苍白，饥寒交迫。昨日的浩劫，让他们的亲人被洪水吞噬，让他们的家园化为废墟，而他们对此却毫无办法。

"轰隆！"

突然，沉闷的战鼓声在远方响起，震动大地。紧接着，铁蹄声阵阵传来，如雷霆滚动般接连不断。

妖族大军再次来袭！

费仲着一袭黑袍，骑着一匹浑身覆盖铁甲的妖马，缓缓行至陈塘关废墟前。

他身后，是整装待发的妖族大军——成群结队的妖兵手持长矛铁戟，凶相毕露，目光贪婪地盯着城中劫后余生的人类。

"哈哈哈！"费仲放声大笑，声音中带着无尽的得意，"李靖，你拼死守护的陈塘关，如今不过是一片破败不堪的泥沼！现在，让我看看，你还拿什么抵抗？"

"给我杀，一个活口也不能留！"

费仲一声令下，妖军如洪流般冲入城中。

牛头妖兵提着巨斧，踏碎残破的门槛，疯狂劈砍挡在前方的一切！

浑身布满尖刺的蜥蜴妖兵在废墟间疾行，眼中闪烁着嗜血的光芒，直扑那些躲藏的百姓！

半空之中，一群黑翼妖怪俯冲而下，抓起瑟瑟发抖的孩童，提向天空之中！

惨叫声、怒吼声、哭喊声，顿时响彻整个陈塘关！

那些躲藏在破败屋檐下的百姓被妖族从废墟中拽出，挣扎着、哭喊着，却无人能够拯救。妖族大军一步步逼向最后的生还者。

然而，就在此时——

"所有人，跟我一起保护百姓！"

一声怒吼从废墟之中爆发！紧接着，一道银色的寒光划破晨雾，宛如雷霆乍现，狠狠斩向冲入城中的妖兵。

"砰！"

一头牛妖连惨叫都来不及发出，便被锐利的枪尖刺穿咽喉，巨大的身躯轰然倒地，鲜血喷涌而出。

废墟之上，一道人影缓缓站起，铠甲染血，目光如炬——

正是陈塘关守护者，李靖！

他手持长枪，脚踏破碎的砖石，身后残存的士兵也纷纷挺身而出，尽管他们已筋疲力尽，伤痕累累，但在这生死存亡的时刻，他们依旧选择迎战！

"陈塘关未灭，誓死不退！"

"陈塘关未灭，誓死不退！"

"陈塘关未灭，誓死不退！"

……

震天的呼喊声冲破云霄，也吸引了城中妖族大军的注意力。各路妖怪纷纷向李靖和众将士包围过来。

"将士们，保护百姓，给我冲！"

李靖一声令下，带着残存的士兵奋力抗敌。他们的身影在断壁残垣之间穿梭，双目赤红，哪怕身陷绝境，仍旧死战不退。

与此同时，城中隐藏的妖族亦纷纷现身。

"黄风一族在此，休得猖狂！"

黄风一族再次腾空而起，狂风席卷，将一群冲向百姓的妖兵吹飞。

"你来得正好。"李靖用长枪拄地，大口喘息，血水顺着额角滑落，"妖族当中，也有大义之士！"

"李总兵放心，哪吒有恩于我，只要有我们在，就不会让他们为所欲为！"

黄风怪眼中寒光一闪，猛然一掌挥出，一阵狂风裹挟着沙尘，化作利刃，瞬间将两个扑来的妖兵撕裂。

"嘿嘿，怎么能少了我们？"

一个粗犷的声音响起，紧接着，一头巨大的唤水兽踏着泥泞狂奔而来，背上驮着一群幸存的百姓。

唤水兽族长怒吼道："水能冲城毁池，也能保护生灵，所有族人听令，誓死守护陈塘关！"

与此同时，"当——"

沉闷的钟声在废墟中回荡，城中一座残破的庙宇中，一道道光芒冲天而起，数道人影凌空而立，身着道袍，目光如电。

"费仲！你滥用妖术，荼毒苍生，当真以为无人能制你？"

说话的正是阐教仙人！

他身着道袍，手持拂尘，袖袍轻轻一甩，漫天金光洒落，如雨点般砸向妖军！数十名妖兵还未来得及反应，便在这金光之下化作飞灰。

"妖孽，休得猖狂！"

另一名阐教弟子手掐法诀，一道璀璨的剑光破空而出，宛如惊雷一般直刺妖军前阵。霎时间，血光四溅，哀号声此起彼伏。

李靖见状，精神一振，朗声道："陈塘关危在旦夕，我们一起杀出重围！"

李靖冲入妖军之中，一杆枪舞得虎虎生风，每一击都带走一名妖兵的性命。

黄风怪、唤水兽族长也带着族人各施神通，护佑百姓，斩杀费仲麾下的妖兵。

天空中，阐教弟子祭出法宝，雷光、火焰、狂风肆虐，轰杀妖族。

然而，费仲早已预料到这一幕，他冷笑一声，手掌一挥，黑色的玄元控水旗再次展开，浩瀚的黑色水流从旗中倾泻而出，仿佛冥河之水，将战场瞬间淹没。

"挡我者死！"

费仲怒吼着，双手结印，一道道黑色的雷光自乌云中劈落，轰然炸开，许多士兵与妖族盟友被雷光吞没，化作焦炭。

李靖挥枪挡住一道雷电，顿时虎口震裂，鲜血迸发。

"哈哈哈，"费仲狂笑道，"李靖！今日就是你的死期！"

陈塘关众人虽然咬紧牙关，奋力冲杀，无奈妖军太多，战士们渐渐支撑不住，百姓亦被逼入了绝境。不多时，战场上人族与阐教弟子、友善妖族尽数被围困在城池中央，外围，则是密密麻麻的妖族大军。

费仲立于高台之上，黑色的披风在风中猎猎作响，俯视着满身血污的李靖，嘴角扬起一抹残忍的笑意。

"李靖，你还要负隅顽抗？"费仲目光阴冷，声音透着讥讽，"睁眼看看吧！你的陈塘关已是一片废墟，你的士兵已经伤亡殆尽，你的百姓流离失所，而你……也只是个苟延残喘的可怜虫。"

李靖浑身浴血，手中长枪深深插入泥泞的土地，他喘着粗气，眼中却燃烧着不屈的怒火。

费仲抬手，身旁的一名妖将会意，狞笑着上前，一脚踢在李靖的膝盖上。

"砰！"

李靖浑身一震，险些扑在地，可他猛然一咬牙，双手用力撑住长枪，身躯笔直地挺立，双目如炬，死死地盯着费仲。

"怎么？连膝盖都不愿弯？"费仲嗤笑一声，眼中闪过一抹狠戾，"给我打，打到他跪下为止！"

一个手持狼牙棒的妖兵立刻越众而出，朝着李靖的膝盖狠狠砸下。

"砰！"

李靖的腿骨被重击得几乎断裂，可他仍然紧紧握住长枪，咬牙不倒。

"给我继续打！狠狠地打！"

"砰！砰！砰！"

"父亲！"金吒双眼通红，眦眦欲裂，飞身上前想要帮忙，石矶妖兽立刻挥动巨拳，将金吒逼了回去。

"哈哈哈！"费仲狂笑一声，指着李靖说，"所有人都给我看好了，这就是你们的下场！"

"砰！咔嚓！"

狼牙棒狠狠砸在李靖的膝盖上，骨骼碎裂的声音在寂静的空气中令人毛骨悚然！剧痛如烈焰般灼烧着他的神经，他身形一晃，几乎栽倒在地，但他依旧死死咬紧牙关，双手撑着长枪，用尽全力稳住自己的身躯。

费仲微微一愣，随即嗤笑出声："呵，李靖，你这副不死不休的模样，倒是让本尊刮目相看。"

"李大人！"

"李总兵！"

"爹爹！"

……

残存的士兵、百姓，还有哪吒的哥哥金吒、木吒，眼睁睁地看着李靖的膝盖被砸得血肉模糊，双眼几乎喷出火来，想要冲过去保护这位英雄。

可妖兵早已结成阵型，将所有人挡在外面。

李靖再次深吸了一口气，额头冷汗涔涔，眼神却依旧坚毅。

费仲的笑意更浓，目光轻蔑："你以为这样撑着，就能改变什么？你的陈塘关已经破了，你的家人、你的百姓，都要死在这里！"

他挥了挥手，妖兵立刻拖出一群百姓，将他们摁在地上，弯刀闪着寒光，架在他们的脖子上。

"李靖，我们来玩个游戏吧。"费仲脸上闪过戏谑的笑，"你磕一个头，我放一个人，怎么样？你不是要保护百姓吗？现在机会来了！"
费仲眯起眼睛，嘴角扬起一抹残忍的笑意。

李靖的双拳死死攥紧，指甲扎入掌心，鲜血滴落，他的心也在滴血！

那些百姓，都是他誓死守护的人！

可是，自己真的要磕头吗？

"李大人，不要！"

"将军，我们愿与陈塘关共存亡！"

"李总兵，您不能向妖族低头！"

士兵和百姓拼命吼着，可费仲只是轻轻一挥手，妖兵手起刀落。

一名青年立刻被残忍杀害。

"爹爹！"

青年旁边的孩子大声哭喊，可妖族的屠刀，依旧寒光闪闪地悬在所有人头上。

李靖的瞳孔猛然收缩，双拳死死攥紧，浑身颤抖着。

"我答应你……"

李靖紧紧地闭上眼睛，手一松，长枪掉到了地上。

这位将军，即使面对妖兵大军也没有后退过一步的将军，这位在城墙上意气风发地指挥千军万马的将军，在这一刻，缓缓跪了下去！

"砰！"

他的额头重重地磕在满是血水的泥地里，鲜血渗出，混合着泥水！

费仲大笑，眯起眼睛看着这个曾经威风凛凛的总兵，如今却跪在自己面前，狼狈不堪。

"哈哈哈！很好！很好！继续！"

他眼中满是戏谑，伸手一挥，妖兵便放走一个百姓。

"继续！"

李靖缓缓抬起头，他的眼中没有屈辱，只有痛苦……

"砰！"

又是一下！

"砰！"

再一下！

一下又一下，李靖的额头早已血肉模糊，血水顺着脸颊流淌，可李靖却依旧没有停下。

"哈哈哈！"

费仲狂笑不止，妖族士兵们也纷纷狂笑，他们从未见过这等戏剧性的场面——堂堂陈塘关总兵，被逼到这步田地，任人羞辱。

可是——

当李靖再次抬起头，他的眼神却依旧坚定，依旧锋锐，依旧燃烧着不屈的怒火。

"李总兵，不要再磕头了！"

一位被妖兵押着的老者大喊一声，忽然跳起，身体往前一挺，任由妖族的兵刃贯穿胸口。

"扑哧——扑哧——扑哧！"

一个，两个，三个……几十名被妖兵押着的士兵和百姓，全都做出了同样的选择。

李靖的双眼猛然睁大，浑身剧烈地颤抖起来。

费仲的笑声也戛然而止，望着眼前这匪夷所思的一幕，脸上的笑意凝固。

一柄长刀刺穿了一位老者的胸膛，鲜血顺着刀刃滴落，他却没有一丝痛苦的表情，反而挺直了脊梁，直视着费仲，眼中没有一丝畏惧，只有决绝。

"李总兵，别再磕了！我们陈塘关的百姓，不需要你以此来换命！"

"扑哧！"

又是一道鲜血喷涌，又有一人倒下。

紧接着，所有被妖兵押着的百姓竟纷纷挣脱束缚，奋力向前扑去。他们要抢过妖怪的兵刃，血战到底！

然而，这一切都是徒劳……

"扑哧——扑哧——扑哧！"

刀剑穿体的声音接连不断，几十道身影相继倒下，血水染红了脚下的大地，热血顺着废墟流淌，汇聚成一条血河。

"爹！"

一名少年惊叫，跪在地上，眼睁睁地看着自己的父亲倒在妖兵刀下，可那位父亲在生命的最后一刻，仍是直直地盯着李靖，声音微弱却坚定：

"李总兵……您护过我们一程，如今……该我们护您一程了……"

"轰！"

李靖浑身都在颤抖，他双拳攥紧，指甲扎入掌心，鲜血不断渗出。他仰头望天，两行热泪从眼中淌出："夫人，李靖无能，没有守住陈塘关，没有保护好百姓！"

他的声音几乎是从喉咙里挤出来的，充满了痛苦与绝望。

费仲脸色阴沉到了极点，他没有想到，这些手无寸铁的百姓竟然宁愿赴死，也不愿看李靖被羞辱。

"一群该死的刁民！"

他猛然挥手，怒吼道："杀光他们！"

妖族大军立刻挥起屠刀，向着残存的百姓劈去。

"啊！"

惨叫声撕心裂肺，陈塘关的废墟上，顿时血流成河，宛如人间炼狱。

李靖猛然挣扎着站起，哪怕膝盖已碎，他依旧死死地撑着长枪，屹立不倒，双目猩红。

"住手！"

"杀！"

陈塘关幸存的士兵，竟在此刻怒吼着发起反扑。他们没有退路，他们已无所畏惧！

纵然手中兵器已卷刃，纵然体力已然透支，他们仍旧勇猛杀敌，他们要拼尽最后的力气，流尽最后一滴血！

可是，在绝对的力量碾压面前，仅靠勇猛根本无法改变战局。

"杀光，全部杀光！"费仲狞笑着，猛然从怀中抽出一柄长剑，寒光一闪，直指李靖的咽喉。

"李靖，你给我磕得痛快，我便让你死得痛快！"

他狂笑着，剑锋微微一送，鲜血从李靖颈上渗出。

"要杀便杀吧！"

可是——

就在这一刻——

"轰！！"

"轰——！！"

天穹之上，一道惊雷划破苍穹，一团烈焰自云端坠落，如同一颗燃烧的流星，瞬间砸入战场中央。

"轰隆！"

狂风卷起漫天尘埃,赤焰炽烈翻腾,妖族大军惊恐地后退着。

在那烈焰之中,一道挺拔的身影缓缓浮现,手持乾坤圈,脚踏风火轮,身后跳动着熊熊烈焰。

那是一名少年,眉如剑,目如星,英姿勃发杀气滔天!

"谁敢动我父亲?!"

少年的怒吼震彻天地,乾坤圈在掌中急速旋转,爆发出惊天神威。

哪吒,回来了!

费仲脸色一变,惊呼出声:"哪吒?!"

然而,他还未来得及反应,哪吒已然出手。

"轰!"

乾坤圈金色闪闪,瞬息之间便轰然砸向费仲。

"砰!"

费仲根本无法躲避,整个人如断线风筝一般倒飞出去,撞碎数根石柱,口中狂喷鲜血。

"给我拦住他!"

费仲惊恐地尖叫,妖族大军立刻冲向哪吒。

"来得好!"

哪吒冷哼,身形一动,混天绫顿时如长蛇出洞,横扫四方。

"啪——轰——咔嚓!"

神兵之下,一众妖兵竟不是他一合之敌。

"啊啊啊!"

混天绫在空中舞动,化作漫天血影,无数妖兵在这一击之下惨叫连连,纷纷被抽得倒飞出去。

哪吒如同天神降世,冲入妖群之中,乾坤圈每一次掷出,便有妖族尸骨无存；混天绫每一次挥出，便有大片敌军哀号震天！

哪吒一人，独战千军！

"吼！"

一声震耳欲聋的咆哮在战场上炸裂开来！一只通体黄色的庞然巨兽猛然跃起，直接挡在费仲身前。

石矶妖兽身躯高达三丈，全身覆盖着坚硬如铁的岩石甲壳，双目赤红，狰狞恐怖。

"哪吒，休伤吾主！"

石矶妖兽怒吼着，猛然举起一根巨大的石柱，那石柱通体漆黑，足有千斤之重，携着雷霆之怒，狠狠朝哪吒砸下。

"轰！"

劲风席卷四方！

哪吒目光一寒，脚下风火轮猛然一旋，身影化作一缕流光，险之又险地避开攻击。

"这畜生，还真有点本事！"

他冷哼一声，举起火尖枪，狠狠刺向石矶妖兽的胸口。

"当！"

火尖枪刺在妖兽坚硬的甲壳上，火花四溅。然而，这妖兽浑身坚如玄铁，难以破防。

石矶妖兽也不好受，它巨大的身体被枪风轰得向后倒退数步，胸口岩石甲壳已有裂开的迹象。

"吼！"

石矶妖兽怒吼连连，挥舞着石柱，再次狠狠砸下，势若千钧。

哪吒眼神一凝，嘴角露出一抹冷笑，猛然跃起，一道金光骤然暴起——

乾坤圈！

"嗡！"

乾坤圈在空中旋转，金光大盛，直接砸向石矶妖兽的额头。

"砰！"

石矶妖兽的头颅猛地一震，整个脑袋向后仰去，坚硬的岩石额骨竟被生生砸裂。妖兽发出凄厉的惨叫，双眸骤然黯淡，庞大的身躯轰然倒下，在地面砸出一道巨大的裂缝。

"砰！"

烟尘四起，巨兽轰然倒地，再无声息。刚刚还喧哗无比的战场，瞬间死寂一片。

石矶妖兽是费仲麾下最强战力，竟然被哪吒几个照面便斩杀当场，所有妖兵目睹这一幕，全都露出惊恐之色。

"他……他连石矶妖兽都杀了？！"

哪吒立于妖兽尸身之上，目光如炬，缓缓扫视四方，声音冰冷如铁：

"还有谁？"

战场上，妖兵妖将面面相觑，纷纷后退。

"吒儿……"李靖看着眼前的红色身影，不过短短数十天，这个曾经天真无邪的孩子，居然已经成长为独当一面的战神。

可他心里无比清楚，这短暂的时间中，哪吒到底经历了多少——大战费仲，肉身破碎，血战牛头马面，击败上古妖兽金毛犼……

每一场战斗，都是九死一生，然而，正是无数次面临生死，让这位少年实力暴涨。

"少主威武！"

"少主威武！"

陈塘关众人齐声欢呼，爆发出前所未有的战意，所有人再次举起武器，向众妖冲杀而去。

费仲眼见形势急转直下，脸色阴沉到了极点。

"给我死！"

费仲咬牙怒吼，猛然从怀中取出一面漆黑的旗帜——

北方玄元控水旗！

他猛地将旗帜祭出，双手结印，狂暴的妖气激荡天地。

"玄元黑蟒，吞天噬地，

九幽冥水，破城灭世。

万川倒灌，万壑齐崩，

水起苍茫，天地无踪！

北方玄元控水旗，着！"

"轰隆隆！"

天空上乌云翻滚，狂风大作，隐隐有江海咆哮之声，随后裂开一条巨大的缝隙，滔天巨浪从空中倾泻而下，仿佛要将整个陈塘关彻底吞噬！

然而，哪吒脸上露出一抹不屑，嘴角微微勾起，似乎根本没有把这天威放在眼里。

"昂！"

天空中，一声龙吟声震破云霄！一道庞然巨影自天穹之上俯冲而下，银光闪烁，鳞甲森然，赫然是一条银色的神龙。

"你的对手是我！"

敖丙，到了！

"神龙，是神龙！"

"不对，是东海神龙，已经有一千年未出现的东海神龙！"

无论是陈塘关众人还是妖族大军，此刻无一例外地仰头望天，全都露出了震惊的表情。这出场方式，不是东海神龙，又能是谁？！

"不可能，这绝对不可能！"费仲绝望地大呼一声，向后连退几步，跌坐在地。忽然，他又像是着了魔一般，跳起来疯狂挥舞手中的玄元控水旗，近乎癫狂地大喊，"东海神龙又如何，给我死！"

"无知鼠辈！"

敖丙双目冷冽，龙躯翻腾，银鳞在雷光之下熠熠生辉。他猛然张开森然巨口，仿佛能够吞噬天地！

"昂！"

龙吟震天动地，滚滚音浪席卷四方，天地仿佛在这一刻凝滞。

只见敖丙的龙口之中，骤然生出一股无形的吞吸之力，转瞬化为蓝色旋涡，在空中飞速旋转，连空间都被这力量扭曲，变形。

费仲手中的玄元控水旗不断挥舞，试图操控洪水，但此刻，滔天巨浪竟如同脱缰的野马般，根本不受掌控。

轰隆隆！

整个天地间，狂风呼啸，雷霆炸响，无边无际的洪水在刹那间化作一条条银色的水龙，在半空之中盘旋、翻腾，最终被敖丙尽数吞入腹内。

原本即将吞噬陈塘关的滔天巨浪，此刻竟然在瞬息之间消散无踪。仿佛天地间的水之灵力，尽数被这条神龙所掌控。

"不……不！"

他千算万算，却未曾想到，今日居然会遇到东海神龙！

"昂！"

吞下洪水的敖丙，身躯愈发庞大，银色光华绽放，宛如神明降世，一双大眼冷冷俯视大地，声如雷霆炸响："区区凡人，也妄想掌控天地水脉？真是狂妄！"

敖丙猛地张口，水柱自喉间喷吐而出，化作一道龙卷，直冲费仲而去。费仲惊恐至极，想要躲避，却发现自己被敖丙强横的龙威所震慑，连动一下手指的力气都没有。

"啊啊啊！"

龙卷瞬间吞没费仲，他整个人被狂暴的水流裹挟，疯狂地翻滚、撕扯，全身骨骼爆裂，发出凄厉的惨叫。

"饶……饶命啊！"

费仲挣扎着，拼命嘶吼，可敖丙只是冷冷地俯视着他，毫无怜悯之色。下一刻，敖丙化为人形，银甲加身，手握寒冰之枪，与哪吒并肩而立。

"哪吒，我们联手，一起杀了这妖孽！"

哪吒嘴角一扬，战意燃烧："正合我意！"

"杀！"

两位少年化身红、银两道光芒，同时冲向费仲。

费仲大骇，慌忙举剑抵挡——

"轰！"

剑断，人亡！

费仲的惨叫声在天地间回荡，身影猛然炸裂，被无尽的火焰吞噬，彻底化为灰烬！

"轰隆隆！"

大地震颤，陈塘关上空乌云尽散，天光洒落，映照着破碎的城池，战火终于熄灭……众妖兽乱作一团，想要逃走。然而，陈塘关众人怎么可能放过他们？哪吒和敖丙怎么可能放过他们？！

哪吒立于战场之上，脚下风火轮缓缓旋转，衣袂翻飞，他缓缓收

176

起火尖枪，长长吐出一口气。敖丙与他并肩而立，四目相对化作两缕流光冲入妖阵，掀起腥风血雨。

李靖看着这一切，热泪滚落。"夫人，你看到了吗？陈塘关守住了……"他抬头看了一眼四处冲杀的哪吒，"吒儿，长大了……"

第十六节　寂灭星辰

与此同时，西岐。

狂风怒吼，黑云滚滚，天空阴沉得仿佛要塌下来一般。战鼓声震天动地，妖族大军如潮水般冲向西岐，杀伐之气冲天而起，整个天地间都仿佛被战意填满。西岐城上，姜子牙神色凝重，负手而立。

"冲锋！"

申公豹一袭黑金长袍，站在白虎之上，眼神冷酷无情。他手中招魂幡猛然挥下，黑色鬼气滔天，无数幽冥鬼影在战场上咆哮翻腾，与妖族大军混杂在一起，如同黑潮一般向西岐城墙奔涌而去。

"所有人！死战到底！"杨戬身披金甲，三尖两刃刀闪烁寒光。他纵身跃起，落在城头，兵锋一扫，顿时一片妖族兵将被扫得四分五裂。

雷震子振翅腾空，双翼挥舞之间，无数雷电自天穿劈落，将成片的妖兵炸得尸骨无存。太乙真人拂尘连挥，一道道金色光芒直冲向妖族大军。

然而，妖族大军憨不畏死，不顾死活地冲向城池，誓要将西岐夷为平地。

申公豹见此，嘴角勾起一抹冷笑，他缓缓抬起手，掌心之中，一颗黑金色的珠子滴溜溜地旋转，正是他招魂幡与开天珠炼成的至强法宝——寂灭星辰。

"姜子牙，你的末日到了！"申公豹冷声低喝，猛然将珠子抛向天空。

"轰！"

天空瞬间被黑金色的光芒遮挡，一股无法抗衡的毁灭气息笼罩天地，所有人都感受到了一种强烈的压迫感。随着申公豹的催动，那黑金色的光球急剧膨胀，化作一颗黑色的太阳，爆发出足以毁灭一城的狂暴能量。

"急急如律令！中央戊己杏黄旗，开！"

姜子牙脸色骤变，手中的杏黄旗猛然展开，金光大作，但在那黑金光球的照耀下，竟然会微微颤抖，仿佛随时会被压垮。

"所有阐教弟子，列阵！"

姜子牙一声令下，上百名阐教弟子齐声念诵咒语：

"天地玄宗，万炁本根。

广修万劫，证吾神通。

三界内外，唯道独尊。

体有金光，覆映吾身。

万仙伏魔阵，起！"

咒语声回荡在天地之间，汇聚成一道浩瀚的金色洪流，冲天而起，形成煌煌天幕，将这座城池笼罩其中。

申公豹冷笑连连，目光中透着无尽的讥讽。他的寂灭星辰形成了一股吞噬天地的恐怖威压，在空中不断旋转。

"姜子牙，纵然你有杏黄旗在手，又能如何？你们的抵抗，不过是螳臂当车！"申公豹大袖一挥，狂风骤起，黑金色的波纹化作一个巨大的旋涡，疯狂扩大。

"申公豹，受死！"

话音未落，杨戬已经化作流光冲来，他浑身缭绕火焰雷电，三尖两刃枪光芒大作。只见他手中长枪一点，狂暴的风雷之力凝聚成一道金色龙影，朝着申公豹撞去。

申公豹不闪不避，嘴角微扬，手指轻轻一点，寂灭星辰骤然爆发，释放出比太阳更耀眼的光芒。金色龙影刚一接触，瞬间被撕裂吞噬，连带着杨戬的身影也被黑金能量波及，猛然倒飞而回。

"杨戬！"雷震子瞳孔一缩，身形一闪，将杨戬接住，脸色一沉。

"我没事。"杨戬抹了一把嘴角的鲜血，"快拦住他！"

下一刻，杨戬、雷震子、黄天化等人纷纷腾空而起，欲阻拦那恐怖的黑金能量。但那寂灭星辰威力太强，任何攻击一旦靠近，都会被其恐怖的吸力吞噬，根本无法撼动其分毫。

"哈哈哈！"申公豹狂笑着，目光癫狂，"这一击落下，西岐便灰飞烟灭！姜子牙，天命在我，不在你！"

申公豹手中招魂幡连连挥动，空中巨大的能量旋涡中，密密麻麻的黑金色能量利箭同时射出。

"寂灭星辰，万仙伏诛！"

申公豹举起寂灭星辰，无数利箭狠狠轰击在金色光幕之上。

"顶住！"

姜子牙大吼一声，符文流转，万仙伏魔阵金光大盛，任凭雨点般的攻击落下，一时间居然僵持住了。

"姜子牙，你以为这样的雕虫小技就能挡住本尊？！"申公豹狂笑一声，手掐法诀，眼前的虚空忽然裂开一道黑色缝隙，一柄血色长剑缓缓从缝隙中飞出,"师兄,我的好师兄,看看这是什么?"

血色长剑悬于申公豹头顶,剑尖金色光芒大盛,那并非寻常金光,竟是昆仑玉髓所蕴含的浩然正气,与阐教同宗同源。原来,这一切都与无字天书有关。无字天书就像剧本,能够让人提前得知未来之事,每本天书能够看到的内容有限,取决于它想让你看到什么。尤浑的天书只能看到哪吒要通过昆仑玉髓重塑肉身,却无法得知后面发生的事,所以要走哪吒的头发炼成魔器,想要将昆仑玉髓的灵力全部牵入朝歌,为自己所用。没想到,申公豹也通过天书知道了他的计划,埋伏在门外抢走魔器,将昆仑玉髓的所有灵力全部吸入体内,修为大增,成为昊天之下第一人。而此刻,这股浩然正气竟然被申公豹所操控,反向镇压阐教弟子。

姜子牙脸色惨白,声音颤抖:"昆仑玉髓乃上古神物,乃天地精华所凝,怎么会……"

"怎么会落入我手?!"申公豹狂笑,双目猩红,"这就是天意!姜子牙,你苦苦谋算,机关算尽,可天命早已改写!"

说罢,他双手掐诀,血色长剑猛然一震,剑身流淌的金光瞬间化作千万缕金色剑气,连同寂灭星辰一起,轰然撞向万仙伏魔阵。

"砰!"

金色光幕剧烈颤抖,符文扭曲,裂痕开始蔓延。

杨戬、雷震子、黄天化等人纷纷运转法力抵抗,但那剑气蕴含昆仑玉髓的浩然正气,与他们同宗同源,力量却远在他们之上,阐教众人根本无力抵挡。

"轰隆隆!"

金色剑气袭来,爆发出一阵阵剧烈轰鸣,震得空气都跟着颤抖了起来。阐教众人被震得四处纷飞,口中鲜血狂吐,就连姜子牙也颓然倒地。

"哈哈哈!"申公豹猖狂大笑,"姜子牙,我才是天命所归,你放弃吧!"

姜子牙浑身颤抖,眼睁睁地看着无数阐教弟子在剑气之下倒地不起,鲜血染红了西岐的城墙。他的手紧紧握住打神鞭,却无法挥下——他能打碎妖邪,能驱逐外敌,可如今面对昆仑玉髓的浩然正气,打神鞭竟然无能为力。

"这……难道是命数?我阐教众人,难道注定要在这里灰飞烟灭……"

姜子牙的心开始动摇——天命,真的被改写了吗?

"丞相!"杨戬咬牙站起,目光如电,冷声道,"天命不在嘴上,而在手中!管他什么昆仑玉髓,今日此战,我们必不退缩!"

雷震子狂吼一声,振翅腾空,迎着剑气冲去。黄天化手持兵器,燃起滔天战意。太乙真人也擦去嘴角血迹,咬牙冷笑:"申公豹,少在这里装神弄鬼!"

停云、落月、清风等阐教弟子,也全都持剑而立。他们身上的伤口仍在淌血,可战意却愈发炽烈。

申公豹目光一凝,冷哼道:"既然冥顽不灵,那就一起给西岐陪葬吧!"

下一刻,他五指掐诀,猛然将手中血色长剑抛入星辰寂灭的旋涡之中。刹那间,漆黑的虚空狂暴地翻滚起来,仿佛有无数星辰在其中崩碎重组,千次,万次,无数次!一柄恢宏磅礴的巨剑缓缓出现!

寂灭诛神剑自天而降,剑气横扫苍穹,周遭虚空崩塌,一道道裂隙蔓延四方,仿佛整个天地都无法承受其毁灭之威。

剑身之上,黑金交错,森寒寂灭的气息与浩然正气交缠。然而,这两种力量却无法调和，只能彼此撕裂、碾压，形成了一种诡异而又可怕的力量！无数古老符文在剑身上游走，仿佛某种禁忌的存在正在苏醒，令人不寒而栗。

"轰隆！"

寂灭诸神剑还未及落地，西岐城池已然震颤，大地上裂缝疯狂蔓延，地脉轰鸣，山河失色。

"这股力量……"姜子牙站在阵眼之中，脸色瞬间苍白，瞳孔骤缩，心中升起前所未有的危机感。

雷震子振翅冲天，金羽炸裂，怒吼道："快阻止他！"

杨戬双眸如电，天眼绽放璀璨神光，手中三尖两刃刀微微颤抖，似乎感受到了这柄巨剑之中的毁灭力量。"此剑……"杨戬沉声道，"竟已超越人力所能抵挡的极限！"

黄天化手持兵器，浑身燃起滚滚战意，手臂却微微颤抖。即便是不知畏惧的他，此刻也能感受到迎面袭来的死亡气息。

"哈哈哈！"

空中，申公豹放声狂笑，身影在黑金色光焰中若隐若现，双眸透出疯狂："姜子牙，你以为西岐真能挡住天命？这等毁灭之力，就算昊天上帝降临，又能如何？！"

"寂灭诛神，万法俱灭！"

随着申公豹的怒喝，那柄巨剑骤然绽放出恐怖的光芒，剑尖锁定西岐，一瞬间，整个天地仿佛被抽走了所有光亮，万物寂灭，一片死寂。

巨剑只要再落三寸！

西岐上空的万仙伏魔阵剧烈震颤，金光疯狂闪烁，阐教众人苦苦维持的大阵，在一瞬之间崩碎。

"完了……"

这一瞬，所有西岐军士、百姓，所有阐教弟子，心中都生出了一种绝望的感觉。在毁天灭地的绝对力量面前，生不起任何抵抗之心。

若此剑落下，西岐必亡！

就在千钧一发之际，一道苍茫浑厚的钟声响彻天地，仿佛跨越万古岁月，震得时空颤动，万物共鸣。

紧接着，一声震彻九霄的凤鸣猛然炸裂开来，只见烈焰冲天，一只巨大的火凤凰自西岐城中腾空而起。

它的羽翼宛如赤金铸就，每一根羽毛都燃烧着烈焰，气息恢宏浩荡，宛若天地间至高无上的神灵。

凤凰展翅，直冲苍穹，竟凝聚出一片浩瀚无垠的烈焰天幕，迎向那毁天灭地的巨剑。

凤凰头顶，姬昌傲然挺立！

"凤鸣岐山！"姜子牙心中一喜，"周人守护神兽！"

"轰！"

凤凰烈焰与寂灭剑气轰然碰撞，天地间刹那间爆发出耀眼的光芒，恐怖的能量席卷四方，虚空撕裂，天地震颤！烈焰洒落，宛如漫天火雨，挡住了寂灭诛神剑的下落之势！

申公豹瞳孔骤缩，目光死死地盯着那只火凤凰，片刻后，他嘴角勾起一抹冷笑："有意思……竟然还有这样的力量……"

姬昌立于凤凰头顶，衣袍猎猎，双目如电，面对滔天剑气，竟丝毫不惧，气势稳如泰山。

"申公豹！你妄图颠覆天命，却不知，真正的天命，绝不由你操控！"

凤凰双翼一展，烈焰腾空，竟凝聚出九重火浪，宛如天河倒挂，直扑申公豹而去。

"哈哈哈！"

申公豹狂笑，双手一震，他脚下的寂灭星辰旋涡疯狂转动，竟将那漫天火浪吸收殆尽。

"天命？哈哈！我便是天命！"

他双手猛然合拢，黑金色的符文在他周身流转，下一刻，他一步踏出，身影瞬间出现在凤凰上空。

"既然你这孽畜执意阻我，那便灰飞烟灭吧！"

他一掌探出，黑金色光焰翻涌，仿佛一个吞噬万物的黑洞，朝着凤凰当头镇压而下。

"唳！"

凤凰怒啸，双翅猛然张开，烈焰翻滚，竟在瞬息之间化作九只凤凰虚影，宛如九天之上的太阳神火。

九凤焚世！

无数烈焰化作凤凰之形，携带着纯粹的天地灵力，如火雨般坠落，狠狠砸向申公豹。

"雕虫小技！"

申公豹目光森然，双手翻转，黑金色光焰骤然扩张，无数黑色雷霆从中爆发，与凤凰烈焰在半空激烈碰撞。

"轰！轰！轰！"

天地崩裂，风云翻涌！

两股恐怖的神力疯狂对撞，竟在半空形成一片毁灭领域！

然而——

就在此时，凤凰双眸金光一闪，身形猛然冲出火海，携带滔天烈焰，直扑申公豹。

"哼！"

申公豹冷哼，刚要施展神通，忽然脸色一变！

不对劲！

那烈焰竟然无视他的寂灭神焰，直逼他的本体。

下一刻！凤凰双翅猛然交错，烈焰凝聚，一道惊天动地的凤凰斩落下！

"轰！！"

黑金色的光焰被凤凰的烈焰撕裂，申公豹的身影被狠狠轰飞，狂喷鲜血！凤凰昂首，目光睥睨，烈焰熊熊燃烧，渐渐向他逼近。

"申公豹，你沉溺黑暗，妄图改变天命，却不知真正的天命，乃是顺应天地，而非逆天而行！"

姬昌缓缓抬手，天地间无数道金光浮现，凝聚在凤凰的羽翼之上。

"神焰涅槃！"

凤凰展翅，一道炽烈到极致的烈焰瞬间笼罩了申公豹。

"啊！！"

申公豹的本体，竟在熊熊烈焰中化作虚无……

凤凰仰天长鸣，双翅一展，烈焰翻涌，天地间的黑暗彻底被焚尽，寂灭旋涡消散，西岐重见光明。

姜子牙望着这一幕，缓缓吐出一口气："凤鸣岐山……周人守护神兽，名不虚传！"

所有人都仰头看着几乎覆盖住整座城池的九天神凰，眼中满是敬畏。

"西岐城，守住了！"

姬昌的声音，借着神凰之口，响彻九霄，西岐城墙上，众人齐声欢呼：

"主上神威盖世！"

"主上神威盖世！"

"无知的蝼蚁们！"

就在众人欢呼之时，天穹之上，忽然传来一声嗤笑。紧接着，云层翻涌，黑云滚滚，无数道黑影从四面八方向西岐城上空冲来，逐渐汇聚成一道人影。

"申公豹！申公豹没死！"姜子牙惊呼，众人齐齐仰头看去，眼中俱是惊骇之色。

"既然如此——"

天空中，申公豹陡然伸出双手，狂笑道："那就让你们这些可悲的虫子，看看本尊的最终形态！"

刹那间，他周身黑金色光焰暴涨，寂灭星辰旋涡再次疯狂旋转。

"昆仑玉髓，归于我身！"

"招魂幡，融入吾魂！"

"寂灭诛神剑，化作吾骨！"

"轰！！"

黑金色的旋涡中，三件至宝齐齐震颤，化作三道璀璨流光，猛然冲向申公豹的身体！

这一瞬间，他的力量以惊人的速度暴涨，黑金色的光焰熊熊燃烧，体内的能量翻涌激荡，宛如要冲破天地桎梏。

"哈哈哈！"

申公豹仰天长啸，黑金色光焰冲霄，天地似乎都在为他颤抖。

他缓缓睁开双眼，黑金交错的瞳孔中，透露出无尽的疯狂与傲慢："姜子牙！如今的我，已然超越天命！这天地之间，还有谁能阻我？！"

申公豹的气息瞬间再次暴涨，黑金色光焰熊熊燃烧，成为超越凡俗的恐怖存在，俯瞰天地。

"这……怎么可能……"姜子牙咬紧牙关，眼中浮现惊色，"这种力量，已经超越了天尊……"

申公豹的身形缓缓升腾，黑金色的光焰在他周身流转，仿佛天地法则都已向他臣服。他的肉身被昆仑玉髓洗练，散发着不朽的神光，灵魂与寂灭星辰彻底融合，掌控生死轮回，而寂灭诛神剑，则化作他的骨骼，每一次抬手，都散发着可怕的湮灭气息。

他已不再是凡俗意义上的修士，而是禁忌般的存在！

"无可阻挡，无可违逆，无可匹敌，我，申公豹！就是天命！"

申公豹微微抬手，黑金色的光焰瞬间凝聚，化作一柄千丈巨剑，横亘天穹。剑身之上，符文流转，黑色雷霆与寂灭风暴在其上交织，仿佛可吞噬一切。

"区区蝼蚁，也敢与吾争锋？"

天地颤抖，整座西岐被绝望的气氛笼罩，就连凤凰身上的烈焰也黯淡下去。

与此同时，九天之上。

琼楼玉宇，瑞霞万顷，天庭之上，仙乐悠悠，灵鹤盘旋，霞光氤氲如画。宽广无垠的瑶池宫殿中，百花盛放，香雾弥漫，霓裳翩然，宛若流云舒卷。瑶琴之音清灵婉转，琵琶声声似水流光，玉磬轻响，交织出一曲悠扬的仙乐。

一座悬浮于九霄之上的金色玉台上，三位天地至尊正围坐于玉案前，饮酒作乐，谈笑风生。

上首端坐之人，乃是昊天上帝，身披九天星辰华服，头戴通天紫金帝冠，神态威严而庄重，举手投足之间自带无上天威。他的眼眸灿若星海，能洞悉世间一切因果，仿佛只要与他对视一眼，就会陷入无尽寰宇。杯中琼浆微微晃动，映照出一方宇宙星河，他缓缓举杯，饮下玉液，口中似有日月交替，天道流转。

在他左侧，乃是阐教教主——元始天尊，一袭素青道袍，眉目清朗，身姿挺拔，气质超然。虽端坐于席，却如同天地间一座神岳，高不可攀。他持杯轻摇，淡然一笑，目光透着睿智与冷静，仿佛万事皆在掌握之中。他乃天地正统之师，诸天万法之尊，言谈举止皆带着大道自然的威严，让人不敢小觑。

而右侧那位神祇则显得格外桀骜不驯。他身着长袍，袖口金纹若游龙翻腾，黑发披散，隐隐有狂风刮过，猎猎作响。他便是截教通天教主，妖族之尊，目光犀利如刀，似能撕裂虚空，嘴角噙着一抹冷笑，仰头将杯中琼浆一饮而尽，随手将酒杯掷在玉案上，发出清脆的回响，带着几分豪放霸道之意。他的存在，如同天地间最狂野的飓风。

"哈哈！今日难得齐聚，不如再痛饮几杯！"通天教主朗声道，随手取来一壶玉液，倒满三人的杯盏。

"通天，莫要贪杯。"元始天尊淡淡一笑，轻轻拂袖，酒盏中的玉液竟自行旋转，泛起一圈淡淡光晕，"酒虽佳，可天道人事，岂能耽误？"

昊天上帝微微一笑，缓缓开口，声音浑厚而带着不可违逆的威严："无妨。天道自有安排，既然今日相聚，便不必拘泥俗礼。"

说罢，他轻轻举杯，三人目光相对，仿佛在这杯酒中，藏着天地间的无尽玄机。

然而，天庭之上歌舞升平，西岐之地却已是风云突变。昊天之目微微一眄，透过虚空，已洞察凡间变局……

"帝尊，如今申公豹神功大成，是否收回无字天书？"元始天尊看了一眼昊天上帝，试探着问。

"也罢。"昊天意念流转，瞬息之间，一道金光穿过云层，静静飘浮在昊天面前，正是无字天书。

"昊天！"通天教主痛饮一杯，把酒杯"啪"地放在玉案之上，"你答应我的事，不要忘了！"

"这是自然。"昊天微微一笑，"吾乃天界至尊，怎会出尔反尔？"

元始天尊扫了通天一眼，嘴角勾起一丝轻蔑的笑："通天，我真是佩服你的手段，为了自己竟然心甘情愿献祭整个妖族。"

通天怒目圆睁，须发根根倒立。他猛地一拍玉案，狂风自袖间激荡而出，席间琼浆翻涌，仙乐顿止，宫殿中的舞姬与侍从皆感受到了一丝莫名的寒意。

"元始老杂毛！"通天教主双目如电，声音如雷，"你休要血口喷人！天道轮回，自有定数，何来献祭之说？"

元始天尊端坐不动，轻轻抬杯，悠然饮下一口玉液，眼神平淡，嘴角的冷笑却未曾收敛："天道！你也配谈论天道？人妖本来没有差别，若不是你，妖族怎会沦为现在这般模样？看看我陈塘关的妖族……"

"老杂毛！休要得了便宜还卖乖！陈塘关、西岐和万千生灵，不也是你要毁掉的？"

通天教主气得再次拍向玉案。

"啪！"

精雕细琢的玉案顷刻间四分五裂，化作无数齑粉，赤红色的灵力自他掌间狂涌而出，宛如火焰般翻腾不休，燃烧虚空，震得整座宫殿都在微微颤抖。

元始天尊冷冷一笑，目光如寒星，拂袖而立，周身金色灵光缭绕，如大日悬空，神圣而不可侵犯。他双指轻轻一点，一道璀璨的金光自指尖激射而出，化作一轮恢宏的天地法相，威压笼罩八方。

"通天，你还是这般粗鲁不堪。"元始天尊声音冷漠，衣袖轻扬，一股金色灵力如天河倾洒，瞬间封锁四周虚空，将那狂暴燃烧的赤红灵焰镇压在掌控之中。

通天教主怒吼一声，身形瞬间消失，下一刻便已撕裂虚空，挟着滔天红焰，横冲直撞而来。他一拳轰出，赤红色灵力狂涌，如血色雷霆怒劈苍穹，带着毁天灭地的威势直奔元始天尊面门。

元始天尊神色不变，抬掌一挡，金光自掌心涌现，与那赤红色的雷焰轰然碰撞。

"轰！"

天地震颤，虚空崩裂，金红两色神光交织碰撞，宛如日月交食，宫殿内瞬间光华四溢，仙女们惊叫着退至远方，灵鹤振翅长鸣，天庭众仙纷纷变色。

通天教主身形暴退数步，脚下虚空寸寸崩裂，而元始天尊也被震得微微侧身，袖口猎猎作响，金色灵力在他周身翻涌，如同烈日焚空。

"哈哈哈！元始，你的道法再高，终究压不过我的剑！"

通天教主大笑，右手一招，赤红灵力凝聚，竟化作一把通体血色的三尺神剑，隐隐透出一种狂傲至极的气息。

元始天尊目光微微一凝，袖间流转的金光更盛，指尖轻轻一点，一柄金色拂尘自虚空中出现，光华璀璨，两人凌空对峙，通天教主长剑直指元始，赤红剑气破碎苍穹，杀意惊天。

元始天尊拂尘一挥，金光洒落，宛如亿万星辰坠落凡尘，携带天道至理，欲将那赤红剑光一举化解。

"好了。"昊天终于开口，声音不怒自威，驱散了席间剑拔弩张的气氛。他抬手一挥，玉案再次恢复如初，案上的琼浆重新归于杯中，仙乐再次响起。再看对峙的两人，竟已端坐在玉案之前，仿佛刚刚的一切未曾发生过。

"喝酒喝酒，不要扫兴。"

"哼。"通天教主冷哼一声，端起酒杯，却再未饮下。

元始天尊微微一笑，摇了摇头，对通天的愤怒毫不在意。

昊天上帝目光深邃，再次看向下方人间，那无字天书之上，隐隐有金光流转，映照着凡尘乱局。

凡间的棋局，还在他的掌握之中……吗？

那个红衣少年，让昊天上帝隐隐感到一丝不安。

他饮了一杯酒，又摇摇头，笑了笑，喃喃道："天命既定，我就是天命！"

第十七节　三昧真火

西岐，妖气漫天。

"轰！"

申公豹眼中闪过嗜血的光芒，黑金色光焰熊熊燃烧，手中千丈巨剑猛然抬起，剑身符文跳跃，黑色雷霆狂暴翻腾，寂灭风暴呼啸而出，宛如要吞噬整个天地。

"给我，死！"

他双手紧握剑柄，黑金色光焰沿着剑锋疯狂攀升，恐怖的毁灭之力自剑刃迸发，下一瞬间，巨剑挟着无尽威压，向着凤凰所在之地，狠狠劈下！

"轰！！"

剑光撕裂长空，黑色雷霆爆闪，整个天地似乎都在这一剑下颤抖！凤凰展翅高鸣，金红色火焰席卷长空，试图抵挡这毁天灭地的一剑，可当剑光落下的瞬间——

"刺啦！"

凤凰的身影在剑光之中猛然一颤，随即，庞大的神鸟身躯竟被瞬间劈开。西岐城上，神凰羽翼寸寸崩裂，燃烧的烈焰被黑金色的毁灭气息吞噬，璀璨的身影化作点点光芒，坠入凡尘，砸毁无数房屋。

凤凰，陨落！

一剑，申公豹仅用一剑，竟然将上古神兽击败，这是何等的力量？地面上，一团赤红色的火焰缓缓燃起，那是凤凰的本源——涅槃之火！无数火焰星星点点地从四方汇聚，逐渐形成凤凰残影，在烈焰中挣扎，拼尽全力想要涅槃。

西岐城中，无数人眼睁睁看着这一幕，恐惧、绝望的情绪蔓延，城池之中，惨叫声、哭喊声、火焰燃烧的"噼啪"声乱成一片。天穹之下，申公豹一人立于风暴中央，俯瞰众生。

"哈哈哈！"他仰天狂笑，黑金神焰席卷，声震天地，"这就是凤鸣岐山？可笑至极！全都给我去死！"

话音刚落，霎时间，黑金色的光焰如同末日风暴，在天地间狂涌而出。申公豹的千丈巨剑横亘天穹，喷吐着无尽的毁灭气息，猛然朝西岐劈落。

"轰！"

剑势未至，恐怖的剑气已经将城墙撕裂，地面寸寸开裂，房屋倒塌，飞沙走石，城中百姓被掀飞，哭喊声、惨叫声此起彼伏。

"快逃啊！"

"西岐要完了！"

……

姜子牙站在城楼之上，手中打神鞭剧烈震颤。他脸色苍白，死死盯着那柄劈落的巨剑，掌心冷汗涔涔。这一剑，连凤凰都挡不住，西岐……真的要毁灭了吗？

"丞相，快撤！"杨戬双目圆睁，焦急大喊。四周众仙纷纷施展法术，想要抵挡，但所有法术在剑气面前皆如泡影，瞬间湮灭。

"天帝，你真要眼睁睁地看着西岐，看着众生湮灭吗……"

姜子牙仰头望天，两行清泪滑落眼角。然而，苍穹无声，无尽的云海翻腾，天道冷漠如旧，没有任何回应。

申公豹的千丈巨剑依旧在劈落，黑金色的毁灭风暴席卷而下，吞噬着天地万物，仿佛连光都无法逃脱。

姜子牙死死攥着打神鞭，眼中浮现痛苦与不甘，他曾奉天命辅佐明主，立志匡扶社稷，但此刻，他竟毫无办法。

"轰！"

天穹裂开，剑势直冲城池而下！

就在这千钧一发之际，风云骤变！

狂风怒啸，天地间骤然降下洪流，一股浩荡无匹的水浪自天而降，如同九霄银河倾泻，瞬间冲向黑金剑影。与此同时，一轮烈阳自苍穹浮现，烈焰腾腾燃烧，烈焰如龙，迎面撞上毁灭之力。

"轰！"

烈焰、水浪与剑气交汇，炸裂开来，冲击力之恐怖，让整个西岐城都在晃动。

申公豹目光一寒，猛然抬头，凝视着天空中骤然出现的两道身影——

只见天穹之上，一道火光破云而出，烈焰滚滚，照亮了整个西岐。好一个少年，脚踩风火轮，手持乾坤圈，身披混天绫，目光凌厉如炬，正是——哪吒！

在他身侧，一道蔚蓝的水流蜿蜒翻滚，化作一条神龙，一名身穿银色水龙鳞甲的少年，周身环绕着滔滔江海之力，赫然便是——敖丙！

此时，凤凰也已完成涅槃，尖啸一声飞到两人身后。两个少年，凌空而立，背后是燃烧着涅槃之火的凤凰，与汹涌而来的滚滚水浪。

"住手，申公豹！"

哪吒的声音震彻天地，眼中燃烧着熊熊怒火，火尖枪指向申公豹，战意滔天！

"你若敢动西岐，我便取你性命！"

敖丙亦手持兵器，周身水流翻涌，寒意笼罩天地！

申公豹见状，先是一愣，旋即冷笑出声，眼中满是不屑与轻蔑："两个乳臭未干的小鬼，也敢阻挡本尊？"

话音未落，他猛然抬手，黑金色的光焰再度出现，磅礴的毁灭气息笼罩天地，直冲哪吒与敖丙。

"那就来战！"

黑金雷霆宛如一条撕裂天地的神龙，怒啸着直扑哪吒与敖丙而去。毁灭的气息让空气瞬间凝固，虚空都在颤抖，仿佛下一刻便要彻底崩裂。

哪吒与敖丙毫不犹豫，几乎在同一时间出手。

"战！"

乾坤圈划破长空，混天绫在空中舞动，如一条赤色长蛇，席卷风云。敖丙的兵器寒光闪烁，周身水流汇聚成龙，腾空咆哮，迎向雷霆！

"轰隆！"

然而，面对申公豹那毁天灭地的一击，二人刚刚冲到半途，便感觉到有一股无法抗衡的压力轰然砸下。

"噗！"

哪吒只觉胸口仿佛被巨锤重击，鲜血狂喷而出，整个人如断线的风筝般倒飞而出，狠狠砸向地面，震碎大片砖石，身下砸出一个深坑。西岐神凰也再次被轰杀成漫天星火。

"咳……咳……"哪吒挣扎着站起，他的手微微颤抖，强撑着才没有倒下，"怎么可能，连一招都接不下吗……"

另一边，敖丙也被震飞，银色铠甲碎裂，口中鲜血狂喷。他狼狈地落在哪吒身旁，气息紊乱，但依旧强撑着站了起来。

申公豹冷冷地看着他们，眼中满是不屑，缓缓抬起手中的巨剑，黑金色的光焰缠绕剑身，气息更加恐怖。

"无知的蝼蚁，在我面前，垂死挣扎毫无意义。"

"再战！"

哪吒怒吼，猛然跃起，化作一道赤金色的流光，直刺申公豹心口。

"砰！"

黑金剑气横扫，哪吒的身影再次被击飞，狠狠撞入一堵城墙之中，烟尘四起。

"哪吒！"敖丙惊呼，猛然转身，兵器再次横扫，但刚刚冲上前，就被申公豹一脚踢飞，狠狠撞入废墟之中，动弹不得。

"你们，太弱了。"申公豹冷笑，一步步向前，黑金剑势愈发凌厉。

西岐城上，所有人都屏住了呼吸，目光死死地盯着那个瘦小却坚定的身影。

"哪吒……"

姜子牙攥紧打神鞭，眼中布满血丝，声音颤抖。杨戬、雷震子、土行孙等人皆是满脸震惊、痛苦，他们想冲上去，可是申公豹的气势太过恐怖，他们连靠近都做不到。

哪吒一步步向前，鲜血从全身毛孔中渗出，缓缓流下，每一步都深深踩在鲜血之中，脚步沉重，但目光仍然坚定，握紧的乾坤圈闪烁着最后的微光。

"我们陈塘关……没有一个孬种……小爷我只能战死，绝不后退半步！"

哪吒的声音微弱，但这股力量，却能撼天动地。

"轰！"

黑金剑气再次爆发，申公豹冷笑着挥剑，剑气如惊涛骇浪般席卷天地。哪吒的身影瞬间被吞噬，他如断线风筝般倒飞出去，狠狠撞在一堵残破的城墙上，整个城墙轰然崩塌。

"既然你喜欢玩，那本尊就陪你好好玩玩！"申公豹嘴角挂着嘲讽的笑，像一只看见好玩老鼠的猫。

尘埃弥漫，血流成河。

"哪吒！"

敖丙双眼通红，疯狂挣扎着想要站起，可他的龙鳞破碎，法力已经枯竭，根本无法动弹。

哪吒埋在废墟之中，浑身剧痛无比，耳朵里嗡嗡作响，眼前一片模糊。可他仍然死死攥着乾坤圈，咬紧牙关，喉咙里发出低沉的喘息。

"不行……我不能倒下……娘亲还在等我……"

他再次撑起身体，踉跄地站起，目光死死地盯着申公豹。

申公豹眯起眼睛，脸上闪过一丝不耐烦，冷声道："你还能站起来？"

哪吒没有回答，他只是缓缓抬起手，抹去嘴角的鲜血，然后脚步踉跄地再次冲向了申公豹。

"战！"

乾坤圈燃起最后的烈焰，如同流星划破天际，再次掷向申公豹。

"轰！"

黑金剑气再次斩下，哪吒的身影再度被轰飞，狠狠砸进地面，血染大地！

但他仍然没有停下！

哪吒再一次踉跄着爬起，哪怕身体摇摇欲坠，哪怕每一口呼吸都伴随着撕裂般的剧痛，他依旧一步步走向申公豹。

这一刻，西岐城内所有百姓都泪流满面，士兵与阐教众人紧握拳头，身躯颤抖。

"哪吒……"

哪吒已经站不稳了，浑身鲜血淋漓，衣衫破碎，脚步踉跄，连手中的乾坤圈也几乎已经握不住。

申公豹看着这一幕，一丝不解从眼中一闪而过，声音冰冷至极："你这样拼命，又有何用？"

哪吒的嘴角浮现出一抹嘲讽的笑意，他再次擦去嘴角的血迹，艰难地举起火尖枪，低声道："你不懂……我要这世间……"哪吒的声音低沉而嘶哑，带着不屈的怒火，每一个字都仿佛灼烧着天地。

"再无不公！"

狂风呼啸，西岐城内所有人都震撼地望着这个遍体鳞伤的少年，他已经到了极限，几乎连站立都成了奢望，可他的眼神，却比熊熊燃烧的烈焰更加炽热。

申公豹的目光晦暗不明，脸上出现了一瞬间的恍惚。

曾几何时，他也曾相信道法公正，天道无私，他天资卓绝，怀揣梦想，苦修千年，可为何？为何那些天命所归之人，永远站在云端，而他却只能苟活在阴影之中？

"你这样的意志……能改变什么？"申公豹突然发出一声咆哮，握剑的手指微微发白，眼神逐渐冷漠，"天命已定，挣扎……不过是徒劳！哪吒，我要你死！"

"轰！"

黑金色光焰再度爆发，千丈巨剑撕裂天地，毁灭的风暴在西岐上空呼啸，吞噬一切。申公豹一剑斩下，他要杀死眼前这个天真的少年，也杀死曾经那个懵懂的少年！

"哪吒！我要你死！"

"轰隆隆！！"

西岐城陷入了一片令人窒息的沉默。

哪吒躺在满是焦土与残垣断壁的废墟之中，浑身浴血，气息全无。乾坤圈掉在地上，黯淡无光，混天绫残破如烂布条，被风卷起，在空中飘摇。

"哪吒……"

敖丙双目赤红，死死地盯着倒下的哪吒，指甲深深刺入掌心，鲜血滴落，他拼命想要挣扎着起身，却连抬起一根手指的力气都没有。

城墙之上，杨戬、姜子牙、雷震子等人脸色惨白，众将士紧握兵器，眼神里满是绝望与悲愤。

申公豹立于半空，冷漠地俯视着地上无声无息的少年，缓缓收剑，脸上出现一抹茫然，喃喃道："哪吒……哪吒……哪吒！"

看着地上的少年，申公豹的心神仿佛被狠狠撕裂，灵魂深处有一道裂缝扩张开来。恍惚间，他好像回到了昆仑山，变回了那个穿着一袭青色道袍，苦练法术的少年。他也曾是天纵奇才，也曾相信只要努力修炼，就能位列十二金仙。可是，师父从不肯正眼看他，同门师兄弟也都把他当成怪物看，就因为他天生怪相，头身反转，五轮不正，仿佛天生就与这个世界格格不入。

"申公豹天生邪异,难成正果。"

"他虽然聪慧,但始终带着一股魔性,恐怕早晚要成为祸患。"

"天尊为何收他为徒?只怕是个笑话。"

……

那年,他成为宗门里第一个练成金光咒的弟子。他紧紧握拳,站在玉虚宫前,带着满眼的热切与渴望,望向高高在上的元始天尊,想要一句夸赞。可是,天尊只是淡淡地扫了他一眼,眼神里连波澜都没有……

那年,天尊炼成九转金丹,许诺要给修为最高的弟子。可最后,金丹却给了姜子牙。明明他的天赋比姜子牙高无数倍,法术早已出神入化,可天尊从未看他一眼,连提都不曾提过他……

他终于忍不住了,怒气冲冲地质问天尊:"弟子苦修多年,为何不能获得机缘?"

他期待着天尊的回答,哪怕只有一句鼓励的话语。

可元始天尊甚至连目光都未曾停留,淡漠地挥了挥袖子,只淡淡地说了一句:"天命不可违。"

天命……

天命!

申公豹的心猛地一沉,脑海里轰然炸裂,连五脏六腑都仿佛被生生撕碎。

他终于明白了——无论他多么努力,他都不会被选中!因为天命之人,只有姜子牙,而他申公豹,从来都只是个陪衬!

那一刻,执念在他的心中种下。

他开始质疑,他开始怨恨,他开始疯狂地去寻找一个答案——

为什么天道如此不公？为什么天命之人永远是那些资质平平，甚至毫无能力的凡夫俗子？

难道，天生怪相的人，就没有资格登天吗？

他恨师父，恨姜子牙，甚至恨自己的父母！

为什么要生下他？为什么要让他生而不公？

愤怒、怨恨、执念……像一条条毒蛇般疯狂地吞噬着他的心神，让他堕入黑暗，最终，他选择了离开昆仑，选择了一条与"天命"对抗的路。

"天命要我臣服，我偏不！"

"天命要我低头，我偏要逆天！"

"天命不可违？那我便踏破天阙！"

……

……

狂风席卷，申公豹的思绪回到了现实。

他的双眼恢复清明，看向地上的哪吒，心中五味杂陈。

这个少年和曾经的自己，多么相似……

如果这一切没有发生，如果他们不是站在敌对的立场，如果没有天命的桎梏，如果没有所谓的道统之争……他们会不会成为朋友？

昆仑山上那些寒冷的夜晚，自己独自一人苦练法术，周围没有一个同门愿意与他交谈。若是能有一个真正理解自己的人，该有多好？

那个能并肩作战，能在无数个孤独的修炼夜晚与自己畅谈的伙伴，那个不会因为自己天生怪相而露出异样眼神的人……如果哪吒是自己当年的同门，会不会……

可惜，那个朋友，最终并没有出现。

天地间风云变幻，杀机四伏，狂暴的黑金剑气如惊涛骇浪般翻涌。申公豹目光森寒，举起手中巨剑，毁灭的力量在剑锋上凝聚。

"哪吒，我有无字天书，我知道还没有结束，出现吧！"

申公豹话音刚落……

"嗡！"

布老虎在空中缓缓旋转，宛如一轮初升的骄日，照亮了整个战场。金色的光辉洒落在哪吒残破的身躯上，宛如温暖的春雨拂过枯萎的枝丫，他体内那几乎熄灭的生机瞬间被点燃。

"嗡！"

光芒涌动，哪吒的身体开始剧烈地震颤，血肉再现，碎裂的骨骼竟然在金光中重塑，断裂的经脉仿佛被无形的丝线一一缝合。他体内的每一寸血肉都在焕然新生，如凤凰涅槃，浴火重生！

"咔咔咔……"

骨骼重塑的声音清晰可闻，哪吒感到一股前所未有的力量在身体中奔腾，血液滚烫如岩浆，澎湃的力量在四肢百骸之间疾驰，如江河奔腾入海，冲破所有枷锁。

他的皮肤泛起耀眼的金色光泽，原本的伤痕以肉眼可见的速度消失，取而代之的是神圣的、战甲般的金光流转。他的身躯不断膨胀，双腿踏地，裂痕四起，大地轰然震动。哪吒只觉筋骨之间充盈着无穷的力量，握紧的拳头轻轻一捏，便有狂风暴卷，气浪翻腾，周围的空间都在这股恐怖的威压下扭曲变形。

"啊！"

他仰天怒吼，声音如雷霆炸裂，震得整座西岐城都在颤抖，所有人的心神都被这一吼所震撼，甚至有些修为浅薄的士兵、妖族直接被震得双膝跪地。

哪吒身形暴涨，如天神降世，头顶烈焰，脚踏风雷，目光亮如星辰。他缓缓抬起手，五指微张，乾坤圈在他手中瞬间放大，宛如一轮金色烈日，熊熊燃烧。

"申公豹！"

他声音低沉，震彻九霄，眼中燃烧着不灭的战意，骤然间抬起拳头，如同一座山岳般朝着申公豹猛然砸下。

申公豹急忙挥剑抵挡，然而哪吒这一拳的力量何其恐怖，黑金剑气瞬间消散，申公豹的身影倒飞出去，撞穿城墙，砸入废墟之中。

西岐城上，所有人都目瞪口呆，眼中满是震撼。

"哪吒……要赢了吗？"

姜子牙死死握着打神鞭，心中又惊又喜，雷震子、杨戬等人皆是满脸难以置信。

然而，就在所有人以为战斗即将结束之时……

"哼……哼哼……"

低沉的笑声自废墟之中回荡，碎石震颤，狂风四起，一股极端阴冷的气息如潮水般席卷而来。

废墟之下，一道漆黑的光柱猛然冲天而起，撕裂云层，滚滚黑雾随之弥漫，天色顷刻间黯淡下来，整座西岐城宛如无间地狱。

申公豹缓缓浮现于半空之中，身影已然残破，嘴角淌血，身上的裂痕深可见骨，然而眼神却愈发疯狂，嘴角勾起一抹诡异的笑意。

"哪吒……你以为，单凭蛮力就能赢我？"

他双手缓缓张开，指尖画出玄奥的符文，黑色的法咒瞬间在虚空中蔓延，无数妖族的影子在地面剧烈颤抖，仿佛被一只无形的大手攥紧。

"以血为祭，妖魂归源——玲珑降世！"

"轰！"

大地剧烈震颤，天地间狂风怒号，血色的雷霆自乌云之中劈落，照亮了西岐城无数骇然的面孔。

妖族大军猛然间停滞，所有妖族眼中的光芒瞬间熄灭，仿佛被无情地抽离了生命，身躯化作一道道血红色的烟雾，升入半空，聚集到申公豹的掌心。

无数妖魂在狂啸、嘶吼、挣扎，却根本无法抗拒那股毁天灭地的力量。

整个天地都在颤抖！

申公豹的身体剧烈燃烧，然而他却毫不在意，疯狂地笑着，高声怒吼："玲珑宝塔，降临！"

"轰隆隆！"

天穹之上，一道金光撕裂黑暗！

众人惊恐地抬头，只见一座庞然巨塔从云端缓缓坠落，塔身金光璀璨，透出煌煌天威，每一层塔壁上都铭刻着玄奥的神纹，释放出浩瀚无垠的天地之力。

玲珑宝塔从九霄直坠凡尘！

哪吒的目光骤然一凝，他能清晰地感受到这座宝塔的神威，若被镇压，恐怕再无翻身之机！

"哼！"

哪吒猛地一踏，脚下的大地瞬间崩碎，身躯化作一缕流光，冲天而起，直奔玲珑宝塔，想要在它完全落下之前打破封印。

然而……

"不要挣扎了！"申公豹冷笑一声，猛地一掌拍下。

刹那间，玲珑宝塔内爆发出亿万条金色锁链，如神龙腾空，瞬间缠绕住哪吒的四肢，金色的符文在他周身炸裂，狂暴的镇压之力轰然降临。

"给我镇！"申公豹厉喝，玲珑宝塔猛然落下。

"轰隆！"

整座西岐城为之一震！

尘埃弥漫，天地轰鸣，金光如潮水般四散，哪吒的身影被彻底吞噬。

玲珑宝塔降落大地，层层神光笼罩，将哪吒彻底封印其中。

一瞬间，天地寂静。

玲珑宝塔，申公豹怎么会有这样的天地至宝……

姜子牙、杨戬、雷震子等人呆呆地望着这一幕，心中掀起惊涛骇浪。

天边，申公豹的身影巍然屹立，他目光阴冷，嘴角勾起一丝胜利的笑意。

"蝼蚁之力，终究无法逃脱。"

他缓缓伸出手，轻轻按在玲珑宝塔上，黑袍翻飞，满目疯狂。他缓缓举起双手，周身妖气翻滚，天地间骤然出现一股令人窒息的威压。

"太古之炎，葬世业火；地脉燃魂，焚尽生灵！三昧真火——起！"

"轰！"

随着申公豹的咒语落下，整个大地剧烈震动，仿佛沉睡万年的地狱猛兽被猛然唤醒，一道道狰狞的裂缝撕裂大地，从西岐城的地表蔓延至远方的山脉，裂缝之中涌出滚滚炽热的岩浆，赤红色的火光映照天地，宛如末日降临！

"哗啦啦……"

岩浆翻涌之间，巨大的火柱如同火龙一般，从地面猛然冲出，如恶龙出渊，化作一根根通天火柱，冲天而起，烈焰扭曲着虚空，焚毁一切，连空气都在剧烈燃烧，发出"哧哧"作响的音爆！

此刻，整个西岐城都被这股毁天灭地的火焰映照成一片血红色，火光直冲九霄，妖族、士兵、百姓无不惊恐战栗！

"三昧真火乃是天地间至刚至烈之焰，任何物质、任何生灵，一旦沾染，皆会化为飞灰，连神魂都难以逃脱……"姜子牙脸色剧变，他能清晰地感受到这股火焰的不祥气息，那是一种焚毁万物、湮灭生机的恐怖力量！

雷震子、杨戬等人更是目瞪口呆，哪怕相隔百丈，他们都能感受到那股逼人的炙热，仿佛灵魂都要被点燃。

"炼化！"

申公豹双手猛然一合，黑色火焰形成一只巨大的火焰魔爪，轰然朝玲珑宝塔席卷而去。

刹那间，火焰如怒龙狂啸，疯狂地涌入宝塔之中，整个宝塔顿时变得炽热无比，金色符文剧烈闪烁，似乎都承受不住这股焚世之力。

哪吒被封印在塔中，三昧真火如潮水般从四面八方席卷而来，瞬间将他吞没。

"轰！"

烈焰翻腾，哪吒的身影彻底淹没在熊熊燃烧的火焰之中。

申公豹凝视着燃烧的玲珑宝塔，嘴角勾起残忍的笑意，低声呢喃道："从今往后，世间再无哪吒！"

"啊！"

惨烈的吼声回荡在玲珑宝塔之内，这一刻，时间仿佛被无限拉长，每一秒钟都化作永恒的煎熬。

哪吒的皮肤在炽烈的火焰中迅速消失，在烈焰中化作一滴滴血色火焰，凄艳如地狱之花。

可怕的是，哪吒无法死去！

三昧真火不仅焚烧肉身，还在摧毁他的神魂！

他的魂魄在烈焰中翻腾，如被千刀万剐，一丝丝地撕裂、崩碎！神魂被火焰扭曲，宛如被无数钢针穿刺，痛苦蔓延至每一寸意识，令他只想疯狂嘶吼，甚至恳求毁灭！但他无法解脱，灵魂寸寸碎裂，又在金光的作用下被强行修复，然后再次被焚烧！

破碎！重塑！破碎！重塑！

烈焰灼烧着骨血，剧痛蚕食着理智！

他的耳畔充斥着诡异的低语，那是他的灵魂在痛苦中发出的呜咽！

"放弃吧……"

"你根本承受不住……"

"沉入黑暗……让痛苦终结……"

但他无法抗拒，只能眼睁睁地看着自己一次次被炼化、崩溃、重塑、焚毁，每一次痛苦都比前一次更加深刻，每一刻煎熬都比上一刻更加绝望！

他的灵魂在烈焰中剧烈颤抖，甚至隐约看见自己化作了一堆焦黑的灰烬，在风中飘散……可下一瞬，炽烈的光芒再度凝聚，将他拉回这无穷无尽的炼狱！

一次、两次……

百次，千次……

第一万次破碎！

哪吒的意识已然模糊，他甚至无法分辨自己究竟是生是死，天地间似乎只剩下炙热的火焰，只有痛苦，只有无尽的毁灭！

第三万次破碎！

他仿佛坠入深渊，化作了一缕飘散的灰烬。

第三万六千次破碎！

他的灵魂终于承受不住，意识彻底崩塌，陷入无尽的黑暗之中……

这一刻，他不再是哪吒。

他只是火焰中的灰烬，是一缕残烟，是即将被世间遗忘的尘埃……

但就在这黑暗的尽头，一道温柔的光芒乍现。

在云雾缭绕之间，哪吒看见了那熟悉的身影……

那是他的母亲，殷夫人。是他的来处和归处，他日思夜想，每一刻都盼望着见到的人。

她轻轻地伸出手，像过去那样，温柔地抚摸着他的额头，低声呢喃："吒儿，不要怕，娘在这里……"

"娘！"哪吒张开双臂，眼泪汹涌而出。他扑进殷夫人怀里，感觉是那样真实，那样温暖，"娘，你知道我有多想你吗？吃饭的时候想，睡觉的时候想，做梦的时候也想，每一时每一刻都在想你……"

"睡吧……睡吧，在娘亲的怀里睡吧，就像小时候那样……"殷夫人把哪吒揽入怀里，轻轻拍打着他的背。

哪吒缓缓闭上眼睛，仿佛回到了幼时，被母亲轻轻地摇晃，听着她温柔的哼唱，世界的一切痛苦都被隔绝在外。三昧真火的炙热，肉身被焚毁的剧痛，灵魂撕裂的绝望……这一刻，全都消失了，只剩下安宁。

他缓缓沉入梦境，沉入记忆的最深处。

他看见自己还只是个孩童，依偎在母亲的怀里，外面电闪雷鸣，可屋内却温暖如春。母亲为他轻轻擦拭额头的汗珠，嘴角噙着笑意，目光中满是疼爱。

"吒儿，饿了吗？娘给你做了你最爱吃的莲花糕。"

"娘亲，我以后一定会保护你！"

"傻孩子，娘不要你保护，只要你平安就好……"

回忆在眼前流转，哪吒的嘴角缓缓扬起，眼角的泪痕未干。他的心终于不再挣扎，不再痛苦，不再彷徨……

可是，忽然间，他感觉到了一丝异样。

母亲的怀抱，太温暖了，温暖得不真实……

这……真的是现实吗？

"吒儿，睡吧……再也不要醒来了……"殷夫人的声音依旧温柔，却带着一丝哀伤，一丝遥远，一丝虚幻。

哪吒的身体微微一颤，意识深处仿佛有什么东西正在拉扯着他，让他挣扎着回到现实。

不对……这不是真的！

他猛地睁开眼睛！

刹那间，整个世界天旋地转，母亲的身影在眼前迅速淡去，取而代之的是无尽的黑暗，无尽的烈焰，无尽的焚毁！

他还在玲珑宝塔中！他还在三昧真火的炼狱中！

痛苦再度袭来，火焰疯狂地撕咬他的灵魂，然而此刻，他已经不再迷茫，不再沉溺在幻觉中。

"不！娘亲，我一定要找到你！"

他怒吼一声，金光在他体内剧烈绽放，仿佛千万道雷霆在血脉中奔腾。

他要活下去！

他不能死！

他还有未竟的战斗，还有未偿的夙愿，还有……未能保护的母亲！

"娘亲……对不起，我不能沉睡……我不能死……"哪吒的眼中流下两行清泪，随即被无尽的烈焰吞噬。

他的意识猛然回归！

"轰！"

炽烈的火焰不再焚烧他的肉身，而是被他的血肉、筋骨、灵魂疯狂吸收。每一缕火焰都化作他体内奔腾的神力，每一缕炙热都化作他破碎后重生的契机。

他不再抵抗三昧真火，而是敞开身心，主动迎接这天地至烈之焰！

烈焰翻腾，灵魂颤抖，他的血肉不断破碎，又在金光的照耀下重塑，每一次重塑，筋骨都比先前更为强韧！

"三昧真火？"

"既然要烧，那就把我烧得更彻底些吧！"

滔天烈焰席卷而起，玲珑宝塔剧烈震动，炽热的神火冲天而上，仿佛要将天地焚灭。

哪吒的身躯已然破碎，血肉已然燃尽，可就在火焰最炽盛的一刻，他的灵魂深处忽然爆发出耀眼的金光！一股磅礴的力量突然从他破碎的灵魂深处升腾而起。

这一刻，他忽然明白了……

他不是灰烬，不是尘埃！

他是——哪吒！

他要掌控自己的命运，哪怕经历无数次毁灭，他也要从火中重生！

赤金色火焰席卷而来，哪吒的身体在烈焰中彻底重塑。

三昧真火不再焚烧他的身躯，而是在他体内流转，被他的经脉、骨骼、血肉吸收，彻底化为他的力量！

"咔嚓！"

一道雷鸣般的炸裂声从他体内传出，他的骨骼在烈焰中生长、断裂、重塑，筋肉被炙烤、炼化、重组，某种窥见天道的蜕变正在发生！

突然，一股无法言喻的狂暴气息自火海中爆发，耀眼的金光映照天地。

"啊啊啊！"

哪吒仰天怒吼，火焰疯狂跳动，他的身体在神火中发生剧变——咔嚓！咔嚓！咔嚓！

一双新的手臂从他的背后撕裂而出，骨骼在烈焰中迅速生长，肌肉在金光中生长！紧接着，又是一双手臂从两侧肩膀伸展而出，金红色肌肤的他在火焰的映照下宛如战神降世。

不仅如此，哪吒的头颅之上，竟然又生出两颗分身！一张脸上目光如炬，燃烧着无穷怒焰，另一张脸神情冷漠肃杀，宛如无情修罗，而中央的本尊双目怒睁，宛如天神审判世间！

三头六臂！

哪吒在三昧真火中重塑真身，化作天地间最伟岸的战神之姿！

每一只手臂都握紧拳头，磅礴的神力在周身流转，烈焰已然不再伤害他，反而成为他体内汹涌的神力源泉。

"申公豹！"

哪吒低吼，六只手臂猛然张开，身后烈焰形成金色火龙，直冲云霄。

"轰！"

玲珑宝塔剧烈震动，一道裂缝自塔顶蔓延而下，金色符文在火焰中扭曲，仿佛即将破碎。

申公豹瞳孔骤缩，脸上的狂笑瞬间凝固，取而代之的是深深的惊恐！

"这……不可能！"

"轰！"

金光炸裂，烈焰席卷，玲珑宝塔猛然震动，一股磅礴无比的神威冲天而起。

塔外，申公豹猛然变色："这……不可能！"

"申公豹！"

哪吒巨大的身躯傲然挺立，如同天神，六臂震动，狂暴的三昧真火席卷而出，如同怒海狂涛，将天地吞没！

他不再是凡躯，不再是被束缚的魂灵，而是浴火重生的战神！六条手臂同时抬起，火焰在掌心翻腾，浓缩成一杆赤金色的长枪。

烈焰成枪！

枪身燃烧，三昧真火扭曲虚空，火焰化龙，盘旋咆哮，金红色光芒照亮天地，枪尖指向申公豹。

"你算计我，困我囚我，妄想让我神形俱灭，今日，我便让你血债血还！"

"轰！"

哪吒猛然一踏，他的身影化作一道惊鸿之光，赤金色烈焰枪划破长空，疾如雷霆，直刺申公豹。

申公豹瞳孔骤缩，恐惧彻骨，他从未见过这样的哪吒——三头六臂，燃烧神火，浴火重生，如同灭世天神！

"不！"

他想逃，可哪吒的速度比雷霆更快，火尖枪划破空气，贯穿空间。

"扑哧！"

枪影如龙，一瞬破空！

下一刻，申公豹的胸膛被长枪洞穿！

炽烈的三昧真火顺着伤口燃遍全身，他的皮肉、筋骨、神魂都在烈焰中焚毁，凄厉的惨叫响彻天际。

"啊啊啊！"

申公豹的双目满是惊恐和绝望，他疯狂挣扎，试图催动妖力熄灭火焰，可三昧真火不受控制，哪怕是仙佛之躯也难以抵挡！

"轰！"

烈焰彻底吞没申公豹，天地间只剩下一道焦黑的影子，最终随风而散，连灰烬都不复存在。

申公豹，被一招秒杀！

天地间的风仿佛停止了流动，火焰在哪吒的身后熊熊燃烧，映照出他如战神般的身影。

围观的所有人都震撼得说不出话来，眼中满是敬畏。眼前这个少年，力量已经超越了凡人，不，是天地间的一切！而他所受的痛苦，也超越了世间的一切！

这一刻，哪吒，这个没有灵力的孩童，肉身成圣，超越了一切神魔！

"啪嗒！"

玲珑宝塔忽然从空中掉落，哪吒低头扫了一眼，陡然变成孩童的模样，捡起地上的塔，放在嘴里咬了一口，立刻龇牙咧嘴地说："小爷还以为是纯金的。"

姜子牙看得目瞪口呆，眼前这个孩子，上一秒还是毁天灭地的巨人……他苦恼地摸着额头："哪吒，这乃是天地至宝玲珑宝塔，是世间最罕见的宝物之一，能够……"

"哎呀，老生姜，别说那么多，你就说值不值钱！"哪吒把手搭在姜子牙肩头，歪着头问。

"值钱，当然值钱，值老鼻子钱了……"

"那正好，送给俺老爹，嘿嘿……"

第五章

踏破天阙

第十八节　广寒月色

朝歌城。

一道红光划破长空，烈焰在天际翻腾，如流星坠地般轰然降临！

"轰！"

恐怖的冲击波带起狂风，火焰席卷苍穹，赤金色的神焰在云层中翻滚，映得整座朝歌城宛如被烈日炙烤，仿佛有一轮骄阳自天穹之上坠落人间。

朝歌百姓惊恐地仰望天际，纷纷跪地祈求，武将们握紧兵器，满脸骇然。

一道人影踏火而立，浮现在苍穹之上——三头六臂，神火缭绕，周身烈焰翻腾，如战神降世！

他目光冷峻，三双眼扫视宫殿，六只手臂缓缓张开，掌心之中炽热的三昧真火熊熊燃烧。

"纣王！出来受死！"

天地间响彻一声震耳欲聋的怒吼，宛如雷霆轰鸣，震碎苍穹。

一名内侍惊慌奔入大殿之内，大声喊道："大王！大王！不好了，天神来了，天神来了！"

"天神？"纣王微微皱眉，刚要开口，忽然整座宫殿猛然一震，一股无形的威压铺天盖地而来，所有人的心头仿佛被巨山压住，喘不过气来。纣王吓得缩成一团，在宝座之上瑟瑟发抖。这个曾经残暴无比，肆虐天下的一国之君，此刻竟然看上去如此可笑！

"爱妃，救我！"纣王拉着旁边的九尾妖狐苦苦哀求。

"大王放心。"

九尾妖狐轻轻一笑，缓缓起身，衣袂翻飞，妖异的光华在她周身流转。她轻抚纣王的脸颊，声音柔媚却透着一丝轻蔑："大王，莫要惊慌，不过是个乳臭未干的孽障罢了。"

她轻盈地迈步，足不沾地，瞬间腾空而起，直入天穹。

"轰！"

刺眼的妖光在空中爆裂，黑雾滚滚翻腾，九条巨尾从她身后竖起，每一条尾巴都燃烧着妖异的紫色火焰，妖气滔天，宛如天魔降临。

她立于长空之上，目光锁定哪吒，红唇微启，声音如同天籁，又似寒刃穿心："哪吒，你当真以为，区区凡躯，便可在本宫面前放肆？"

九尾翻卷，虚空震颤，天地间刮起狂暴的妖风，妖气如海潮般席卷而来，仿佛要将整个朝歌城吞噬。

九尾妖狐轻轻一笑，那笑容艳丽无双，却透着高高在上的冷漠与不屑。她缓缓抬起玉手，指尖妖光流转，紫焰如星辰般汇聚，瞬息间，一根燃烧着妖火的长鞭在掌心出现，仿若天地间最诡异、最致命的神兵。

她目光傲然睥睨，金眸深处涌动着狂暴的妖力，朱唇轻启，声音空灵而森寒，如天外神祇降下的裁决："哪吒，听好了！本宫乃女娲娘娘座下九尾真君，生于太古洪荒，成道于妖神盛世，修行九千载，历经天地大劫，涅槃九次方得如今身躯！区区孽障，也敢在本宫面前狂妄？"

她声音未落，九条尾巴猛然竖立，宛如九道妖龙，紫焰翻腾，妖气滚滚，宛如末世降临，令朝歌城内的万民瑟瑟发抖，根本不敢抬头仰望。

"本宫一念可焚江海，一击可灭万军，妖火焚天，可令诸神胆寒！你算什么东西？蝼蚁般凡躯，妄图逆天？"

九尾轻轻一甩，狂暴的妖风席卷天地，空间震颤，虚空扭曲，她手中的紫焰长鞭缓缓举起，妖焰吞吐之间，整个天地都仿佛在她的掌控之下。

"现在，本宫给你一个机会，跪下磕头，奉本宫为主，或许还能留你一线生机！"

她轻蔑地睨着哪吒，眸光冷厉，宛如神祇降下最后通牒："否则——你将魂飞魄散，永堕幽冥，连灰烬都不会留存！"

她猛然挥鞭，紫焰翻腾，瞬间撕裂长空，以雷霆万钧之势，轰然朝哪吒席卷而去。

"轰！"

妖火正中哪吒，雷霆炸裂，那个方才还不可一世的少年，在妖异的火光中消失了。

"哼，不堪一击。"九尾妖狐冷笑一声，嘴角勾起一抹轻蔑的笑。

然而，就在她准备回身复命时，身后忽然传来一声戏谑的笑声："我在这里呢。"

妲己猛然回头，只见哪吒在她身后，挤眉弄眼地扮鬼脸。

"找死！"妲己恼羞成怒，发动九尾齐齐向眼前的少年轰杀而去。

然而，少年却不闪不避，硬生生吃下攻击。

"不可能……"她美眸骤缩，九条尾巴凝聚的恐怖妖力，足以焚山煮海、摧毁一方天地，竟然被这个狂妄的小子硬生生地扛了下来？

哪吒拍了拍肩膀，满脸无所谓地笑道："哎呀呀，没吃饭吗？力气怎么这么小，给小爷挠痒痒吗？"

"轰轰轰！"

妲己满脸怒气，连续发动攻击，哪吒无聊地打了个哈欠，甚至伸了个懒腰。

"不可能！你一个凡胎，凭什么挡得住本宫的妖火？"妲己怒喝，语气里多了几分难以置信和惊恐。

哪吒咧嘴一笑，六只手臂缓缓张开，身后的烈焰猛然腾起，化作滔天火莲，狂暴的三昧真火燃烧天地，比她的妖火更炽烈、更纯粹，仿佛连空间都要熔化。

"小狐狸，你的火不够纯啊。"

哪吒轻笑，手掌一翻，三昧真火凝聚成一杆炽焰长枪，他微微一抖，火焰沿着枪身流转，如龙蛇盘旋，狂暴的气息令天地震颤。

"让你见识一下，什么才是真正的神火！"

话音未落，他身影一闪，刹那间化作一道赤红流光直逼妲己面门，速度之快，几乎超越了天地法则。

妲己一惊，迅速挥动紫焰长鞭，同时九条尾巴护体，妖力狂涌，布下层层防御，可就在她刚刚催动妖术的瞬间……

"轰！"

一股毁天灭地的力量狠狠砸在她的防御之上！

"啊！"妲己发出一声痛呼，瞬间倒飞出去，妖火结界在哪吒的攻势下瞬间崩溃，她的衣袍被烈焰烧灼，九尾颤抖，嘴角溢出一丝鲜血。

哪吒单手持枪，缓步踏火而来，目光桀骜："小狐狸，还玩不玩了？"

妲己咬牙，眼中闪烁着难以置信的怒意："你……你到底是什么怪物？！"

哪吒咧嘴一笑，露出一口白牙，三颗头颅的嘴齐声说道："小爷我呀，天生就是来收拾你们这些妖魔的！"

夜晚，西岐。

哪吒无聊地躺在大殿中央，随手扔出一颗紫色珠子："好了，结束了，你们该干吗干吗吧。"

"这是？"姜子牙看着眼前的珠子，一脸不可置信地说，"九尾妖狐！"

"对，"哪吒打了个哈欠，"已经被我收拾了，还有纣王，被我关起来了，百万妖兵全部投降。"

"你的意思是，"杨戬瞪大眼睛，说，"你用一天时间，把朝歌推平了……"

"半天吧，我还抽空在草丛里拉了坨屎。"

"……"

难以置信，大殿之中鸦雀无声，所有人都茫然地看着眼前这个少年，用毁天灭地来形容他，丝毫也不为过。

"好了！"哪吒一个鲤鱼打挺起身，拍拍身上的灰尘，"该封神了吧？还有……"他转头盯着姜子牙，脸上神情肃杀，用理所当然的语气，一字一顿地说，"我——母——亲——呢！"

"跟我来。"

姜子牙感受到了眼前少年的威压，不敢有一丝一毫的怠慢，带着哪吒走出大殿，指着月亮说："就在那里，去吧。"

哪吒抬头望去，银白的月高悬夜空，清冷而遥远。

他皱了皱眉，目光穿透云层，仿佛想要看透那轮皎洁的明月，那里……真的是母亲的归处吗？

"轰！"

他不再迟疑，脚下烈焰升腾，身形瞬间冲天而起，划破夜色，直奔月宫而去。

疾风呼啸，云朵在他耳畔飞速掠过，哪吒的心跳得很快，紧紧攥着拳头，指节因用力而泛白。他早已记不得有多久没有见到母亲了……

可如今，他终于可以见她了！

终于……

广寒宫巍然矗立，宫墙如冰雕玉砌，散发着柔和的银辉。巨大的月桂树伫立在宫殿前，枝叶婆娑，轻轻摇曳，洒下一地碎银般的光点。风过之时，叶片摩挲间发出细微的声响，像是在轻声诉说千年的孤寂。

他的心跳得很快，脚步也微微放缓。这里，离人间很远；这里，离母亲很近，近得让他屏住呼吸，不敢往前走一步。

他日思夜想，想要见到母亲，可如今，他更怕，怕母亲不在这里，怕一切都是一场梦。

他忐忑着，终于踏上了宫殿的台阶，站在了那扇高大的殿门前。

他深吸一口气，缓缓伸出手，推开了那扇月白色的宫门。

殿内，流光溢彩，玉灯浮空。温润的光芒映照着殿中一株参天的月桂，它的枝叶比宫外那棵更加繁茂，银白色的花朵在微光下轻轻颤动，散发出淡淡的清香，仿佛诉说着无尽的等待。

那棵树下，一名女子静静地端坐着。

素衣胜雪，黑发如瀑，双目清澈如月华凝聚。殿门推开的刹那，她缓缓转头，目光落在门前的少年身上。

哪吒的身躯猛然一震，鼻尖泛起酸意，所有的委屈，所有的思念，所有的痛苦在这一刻都找到了出口……

他站在原地，嘴唇微颤，声音轻若风中呢喃，却带着穿透万古的深情："娘……"

女子浑身一颤，仿佛不敢相信自己的耳朵。她缓缓起身，素衣轻扬，目光定格在殿门外的少年身上，清澈的眸子泛起一层湿润的雾气。

"吒……吒儿？"

哪吒死死攥紧拳头，指甲刺入掌心，却感觉不到丝毫疼痛。他看着眼前的女子，那张熟悉而陌生的脸庞，依旧如他记忆中那样温柔。

"娘！"

他猛地扑向她，像个受尽委屈的孩子，狠狠抱住了她的腰身，仿佛怕眼前的母亲会再次离开。

一瞬间，整个天地都失去了声音，广寒宫静得只能听见他的心跳声和他颤抖的呼吸声。

"娘……"哪吒埋首在她的怀里，声音哽咽，"孩儿终于找到您了……您知道我有多想您吗？"

她颤抖着伸出手，轻轻抚上哪吒的头顶，手指插入他略显凌乱的发丝，像从前一样，轻轻地揉了揉。"娘知道，娘知道……"

"我的孩儿……"她低声呢喃，声音哽咽，泪水滴落在他的发间……

她紧紧抱住哪吒，仿佛要把他嵌入自己的身体之中。多少个日夜的思念，多少次午夜梦回，多少年孤寂的等待……此刻，一切的苦难和煎熬，都在这个拥抱中化作汹涌的泪水。

"孩儿……孩儿对不起您……孩儿来晚了……"哪吒的声音沙哑而颤抖，他死死咬住牙关，努力不让自己的哭声彻底崩溃。

殷夫人摇头，望着怀中的少年，抬手捧住他的脸，细细端详着，仿佛要将他的模样牢牢刻进心底。

"傻孩子，是娘对不起你，是娘把你丢下的……"她的声音温柔而哽咽，手指拭去哪吒脸上的泪水，眼中满是心疼，"这些年，你一定吃了很多苦……"

殿外，月色依旧皎洁，轻风拂过广寒宫，桂花的香气弥漫在这片天地之间。

这一刻，时间仿佛凝固。

天地再大，杀伐再多，神魔再难分，月宫之中，也只有一位母亲和她的孩子。

第十九节　封神大典

灵霄宝殿。

琼楼玉宇之间，云霞漫天，祥光四溢，金色云海层层翻涌。灵霄宝殿巍峨耸立，殿宇恢宏，琉璃金瓦在日光下熠熠生辉，四根擎天玉柱上，五爪金龙盘绕其上，龙目微闭，鼻息如雷，威严无比。

宝殿之上，昊天上帝端坐于九重云座，身披金龙帝袍，目光如渊，威严莫测。两侧仙家云集，群星璀璨，气象万千。昊天上帝抬手轻轻一挥，云海翻腾之间，一座玉石雕琢而成的封神台缓缓浮现，上方悬浮着一卷金光闪耀的封神榜。榜上霞光流转，神位虚影隐现，等待归位。

"封神大典，正式开启！"姜子牙肃然开口，手中拂尘轻挥，一道道金光冲天而起，照亮九霄云海。

封神榜悬浮半空，霞光大盛，一道道金色神光破空而去，落向人间，将那些在封神榜上有名的英魂接引而来。

顷刻间，神光璀璨，诸多英魂自虚空浮现，个个身披战甲，或手持兵刃，或负手而立，皆曾是人间战场上的豪杰，今日得登天庭，受封正神。

"凡功绩卓越、忠勇不渝者，今封正神！"昊天上帝的声音浩荡天际，震彻万界。

姜子牙身披道袍，手持玉圭，站立封神台前，高声诵读封神榜："李靖，原陈塘关总兵，斩妖除魔，护道卫天，封为托塔天王！"

刹那间，金光降临，李靖手持玲珑宝塔，缓缓踏上封神台，神光笼罩全身，磅礴神力融入躯体，身上战甲焕然一新，赤金色的流光围绕周身。

"末将李靖，领旨！"李靖单膝跪地，语声铿锵。

"杨戬，天赋神力，力战妖魔，封为司法天神清源妙道真君！"

杨戬踏步而出，双眸冷峻如霜，第三只神目缓缓睁开，金光闪耀，他一拱手，沉声道："杨戬，领旨。"

随着封神榜不断展开，一位位神灵接踵而来，封神大典渐入高潮。光华流转之间，金色华光宛如银河洒落，天地之间遍布神威。就在所有人都以为封神大典即将落幕之时，忽然，一道幽蓝色的光芒自天穹降下，带着滔天寒气，席卷灵霄宝殿。

众神循光望去，只见一名身披战甲的青年缓步踏上封神台，身姿挺拔，周身环绕着水蓝色神辉，长发微扬，龙角泛着淡淡萤光，眉眼间透着几分冷峻和倔强。

"敖丙！"

昊天上帝目光如炬，缓缓开口："千年之前，龙族遭镇，但你心怀正义，于封神之战中不负苍生，甘愿舍己，护佑万民，功在天地。今日，封你为华盖星！"

话音刚落，封神榜金光暴涨，一道浩瀚的神力冲天而起，化作无尽的水蓝色光辉，将敖丙笼罩。四海浪涛翻滚，万里波澜应声而动，龙吟回荡天宇。

他深深吸了一口气，缓缓跪地，郑重叩首："敖丙，领旨！"

下一刻，封神榜绽放出无量神光，霞光万道，整个天界都被神圣的光辉照耀。

三霄娘娘、斗姆元君、云华夫人、南极仙翁……

封神榜上最后一抹光华闪过，缓缓卷起。昊天上帝起身，俯瞰众神，沉声道："封神已定，天命轮转，自此三界有序，三百六十五位正神各归其位！"

"众神归位，万世昌隆！"

云海翻腾，星河璀璨，封神大典，至此圆满！

等等……

"哪吒呢？"姜子牙看着缓缓卷起的封神榜，瞳孔猛然一震，一股不祥的预感涌上心头。封神之战中，哪吒出力最多，战功最为显赫，为什么他却未能封神？

"哪吒？"昊天上帝忽然起身，嘴角勾起一抹冷笑，再也没了之前的淡然从容，"哪吒逆天而行，人人得而诛之，众神听令！"他缓缓扬起打神鞭，指着刚刚获封的所有神灵，一字一顿地说，"诛——杀——哪——吒！"

"什么？！"

在场众神皆是一惊。

"为什么，哪吒做错了什么？"敖丙越众而出，眼中满是疑惑。

"哪吒逆天而行，无法封神！"昊天上帝脸色愠怒，举起打神鞭说，"你们要做的，只有服从！"下一瞬，打神鞭金光大盛，万道华光落下，敖丙惨叫一声，连反抗的机会都没有，直接被万箭穿心，在地上不断挣扎扭动。

"无法封神……无法封神……"姜子牙喃喃自语，忽然像是想明白了什么……

广寒宫中。

"娘亲，我明白了……"哪吒缓缓起身，"昊天上帝根本不关心什么正邪善恶，只是想把天下众神纳入彀中，一切都是他一手策划的！"

"是的！"殷夫人眼中寒芒一闪，"娘在广寒宫中，将一切看得清清楚楚。人与妖虽有不同，但本性并无多大差别。一千多年前，昊天上帝与通天教主、元始天尊达成交易。通天教主在妖族本源中注入先天魔气，献祭整个妖族换取神位，从此之后，妖族沦为邪魔，为祸人间。之后，元始天尊出手封印各路妖王，阐教众人四处诛杀妖族，以正道自居。那无字天书，三昧真火，玲珑宝塔，九尾妖狐……都是昊天上帝早就安排好的！"

"娘，你的意思是，妖族原本不是这样的？"

"当然，你看咱们陈塘关的妖族就知道……"

"可是，为什么陈塘关不一样？"

"因为……"殷夫人仰头望天，满脸痛苦之色，"因为娘亲本是月宫曜元太阴元君，偷吃了昊天上帝先天一炁丹后降落凡尘，与你父亲相知相守，生下两个哥哥和你。后来被天庭知道，昊天上帝以九天雷劫要挟。为保住陈塘关百姓，我只得将先天一炁丹全部藏入那布老虎中，自己回到月宫……"

"我知道了！"哪吒双眼圆睁，"好一个昊天上帝，不分善恶，为祸人间，以天道化身自居，却行此苟且之事，罔顾众生！他要的不是封神，而是控制天地三界！"

"对，只要入了封神榜，就终身为打神鞭所制。而你没有灵力，无法封神，成为唯一变数。昊天上帝一定会让你灰飞烟灭，永世不得超生……"

"母亲，你让我去吗？"哪吒抬起头看着殷夫人，战意涌动。

"吒儿，你去吧！若天道不公，就用拳头打出公平！娘亲没有勇气做的事，就交给你了！"

哪吒缓缓起身，目光如炬，三头六臂法相浮现，身后烈焰翻腾，犹如燃烧的天神。

他一步步走向广寒宫门外，脚下金莲浮现，每一步都让虚空震颤，威势逼人。

他冷笑一声，声音如滚雷般炸裂，直冲九霄："昊天上帝！你口口声声说天命轮转，众神归位，可我看，你不过是以天道之名，行无道之事！你分封神位，不是为了苍生，而是为了掌控三界，为了让所有神魔生死都在你一念之间！"

他猛然抬手，掌心烈焰熊熊燃烧："你可以封神，但封不了我的命！你可以掌天，但掌不了我的魂！"

他的声音愈发狂放，震得天地颤抖："今日，我哪吒就站在这里，看看你们所谓的'天命'，到底能不能压得住我这不受控的人！"

他陡然拔高声调，战意滔天："若天道不公，我便踏破天阙！若神佛无情，我便屠神诛佛！今日，谁敢阻我，便试试，三界众神，可挡我哪吒一拳否！"

哪吒的声音刺破虚空，传入灵霄宝殿。

昊天上帝的面色，阴沉如水。

他的目光扫过众神，眼神凌厉："众神听令！哪吒乃逆天而行之徒，若不诛杀，必成大患！尔等还不动手！"

"阐教众神！"元始天尊怒目而视，"随我诛杀哪吒！"

然而，金阙之上，群神面面相觑，无一人行动。

杨戬沉默以对，眉宇紧锁，目光中浮现挣扎；敖丙强撑着重伤的身躯，缓缓站起，咬紧牙关；雷震子展翼低垂，不愿出战；李靖脸色铁青，握紧玲珑宝塔，指节泛白……

众神皆知，哪吒并非妖邪，更非魔道。

"逆天？呵，你所谓的天道，不过是你的一己私欲！"哪吒冷冷一笑，一步踏入宝殿，脚下金莲炸裂，燃烧成漫天焰光，烈焰翻腾间，他的三头六臂皆现，风火轮化作烈阳，火尖枪吞吐赤焰，混天绫如红龙狂舞，杀气沸腾。

"尔等还不听令？"昊天上帝的声音冷酷至极，手中打神鞭猛然挥落，一道金光爆射而出，直冲天际，化作一股无形的威压，笼罩灵霄宝殿。

刹那间，封神榜震动，霞光大盛，榜上所有受封之神的额头之上，都浮现出一道金色符印——这是封神榜的控制烙印。

三百六十五位正神发出痛苦的闷哼，神力被强行调动，身不由己地向哪吒杀去。

杨戬身影瞬闪，手中三尖两刃刀劈开虚空，神光大放，一道凌厉刀芒斩向哪吒。

哪吒目光微凝，抬手用火尖枪一挡，两人交锋，劲气炸裂！

李靖神色痛苦，手握着玲珑宝塔，心剧烈颤抖。但封神榜的威压让他根本无法违抗，片刻间便双目猩红，猛然一咬牙，玲珑宝塔镇压而下。

"哪吒……躲开！"

然而，哪吒丝毫未退，火尖枪一挥，轰然击飞宝塔。

雷震子振翼而起，神雷滚滚。哪吒丝毫不惧，身影如幻，瞬间欺身而上，一拳直接轰向雷震子的胸膛。

雷震子猝不及防，被这一拳直接击飞，倒摔入云海之中。

昊天上帝目光森寒，打神鞭再次挥落，狂暴的神力灌注众神："逆贼哪吒，休得猖狂！"

神光炸裂，众神被迫出手，哪吒在顷刻间便陷入围攻之中。

可是——

哪吒的战意，却愈发炽烈！

他狂笑着，神威凛凛，火尖枪横扫，六臂齐挥，混天绫卷动狂风，乾坤圈震碎虚空，风火轮燃起漫天火焰。

"砰！"

他大笑着，双掌合击，一道滔天的烈焰冲天而起，光耀九霄。

"这就是天庭的神灵？天神都只是被一根鞭子驱使的傀儡？"

"大胆妖孽，竟敢攻击天神！"昊天上帝举起打神鞭，一道金色光柱朝哪吒轰下。

"轰！"

哪吒猛然跃起，六臂振动，金光烈焰交织，全身爆发出前所未有的神力，火尖枪横空一扫，竟将昊天上帝手中的打神鞭直接击飞。

昊天上帝瞳孔猛缩。哪吒目光如电，猛然直冲天际，双掌一合，凝聚全身神力，一拳轰出。

这一拳，震裂灵霄宝殿！

这一拳，撼动三界天地！

金钟碎裂，玉宇崩塌，整个天庭在这一刻都被狂暴的力量撕裂。

众神惊骇无比，杨戬、敖丙、雷震子、李靖皆被余波震退，目光骇然地望着这一幕。

昊天上帝被震飞数丈，踉跄落地，衣袍翻飞，脸色再也无法保持镇定。

他，怒了！

"大胆！"昊天上帝猛然暴喝，身后浮现出浩瀚无边的天道法相，手持天权印，金光万道，"哪吒，你当真要反天？"

哪吒嗤笑一声，手中火尖枪直指苍穹，眼神无畏："天又如何？我生而自由，凭什么跪拜你这虚伪的天道？"

"天若拦我，我便……"

"轰！"

他猛然冲天而起，直逼昊天上帝，神力如滔天烈焰席卷九霄。

"踏碎这天！"

然而，昊天上帝脸上忽然露出一抹诡异微笑，双手结印，虚空中金光大盛，下一刻，哪吒竟然回到了原地！

第二十节　我命由我不由天

哪吒狂怒，再次冲天而起，火尖枪上的火焰燃烧苍穹，六臂齐挥，烈焰滔天。

"轰！"

枪芒撼动天地，狂暴的神力如银河倾泻，然而下一瞬，哪吒猛然一震，发现自己依然站在原地，仿佛从未出手。

哪吒瞳孔骤缩，仰视云端之上的昊天上帝，他的嘴角，挂着淡漠而讥讽的笑意。

"此乃三界最强神通——天道轮回！它是因果囚笼。在六道轮回之下，一切反抗天道之举都会被强行回溯，所有的攻击、挣扎，都没有用。"

"哪吒！"昊天上帝大喝一声，全身金芒暴涨。

"先天之数五十，其用四十有九，遁去其一，你不过是逸出的那一缕灵力，如何能与我斗！"

"废话这么多！给小爷死！"

哪吒眉头紧锁，眼神瞬间凌厉，毫不犹豫地再度杀出。

烈焰焚天，风火轮撕裂空间，火尖枪划破天幕，直刺昊天上帝。

"轰！"

枪锋破空，天庭震颤！

可是——

哪吒眼前景象一变，他……竟然又回到了原地！

"为什么？！"哪吒死死盯着自己的手，方才燃烧的烈焰已然熄灭，方才撕裂天穹的枪芒，仿佛从未存在。

他的心脏猛地一沉。

"无论你如何挣扎，如何反抗，都无法逃脱天道轮回。"昊天上帝的声音威严而淡漠，"哪吒，你终究是个凡人，无法违抗天命。"

哪吒瞳孔微缩，双拳紧握，额上青筋暴突。

他猛然再次冲出，风火轮爆发极限神速，乾坤圈震碎空间，六臂齐动，火尖枪、混天绫、乾坤圈疯狂攻击。

"轰轰轰！"

然而，无论他如何攻击，如何突破，每一次挥出的枪芒，每一次燃起的神焰，都会在眨眼间归零。

绝望！哪吒第一次感受到这种情绪。无论是面对尤浑还是金毛犼，甚至是申公豹，他都从未有这样的无力感。这是无尽的轮回，是一座注定无法冲破的牢狱。

"无知狂徒！"昊天上帝微微一笑，眼前的哪吒，似乎只是他的玩物而已，"任你如何挣扎，都无法逃脱天道！该我出手了！"

昊天上帝双手结印，周身金光暴涨，整个灵霄宝殿都在他的威压下颤抖。

"哪吒，你可知，你的存在本就是一个错误！"

"轰！"

虚空震颤，恢宏的金色法印自天而降，浩浩荡荡的神力犹如九天银河倒灌，化作镇压天地的天罚大印，直朝哪吒镇落。

哪吒六臂齐张，咬牙怒喝，火尖枪、混天绫、乾坤圈同时绽放极致神光，风火轮在烈焰中旋转。

他猛然一跃，拼尽全力挥出火尖枪！

"砰！"

火尖枪与天罚大印碰撞，爆发出难以想象的神能风暴。空间在这一刻扭曲，整个天庭都被可怕的冲击波席卷，金色的霞光撕裂苍穹，万千星辰在神力碰撞下摇摇欲坠。

"哈哈哈……"昊天上帝大笑，俯瞰着哪吒，如同俯瞰一只被困于笼中的猛兽，眼神中尽是戏谑与掌控的快感。

"哪吒，天不容你！你以为凭借这点凡躯之力，便能抗衡天？你太天真了！"

哪吒喘着粗气，双拳攥紧，心中的怒火几乎将他吞噬。

"难道……真的无解？"他心中低语，眼中燃烧的战意却不曾熄灭。

他不信！

哪吒深吸一口气，闭上双眼，神念瞬间沉入识海。

他的意识看见了自己的"道"——那条逆天而行的路。

"还有机会，最后一次机会！"

哪吒的嘴角微微扬起，一抹冷笑出现在嘴角，从怀中拿出一样东西，低声呢喃。

下一刻，他的双眼猛然睁开，瞳孔中映着熊熊燃烧的烈焰。他没有再次攻击，而是张开双臂，化作一轮燃烧的不灭神阳。

火尖枪在烈焰中震颤，混天绫缠绕虚空，乾坤圈飞速旋转，风火轮腾空燃烧。

哪吒的六臂在这一刻同时张开，金红色的神光在他体内爆发。

"轰！！"

虚空塌陷，时空震颤，整个天庭的法则在这一刻出现了裂痕。

"无知，即使再强的攻击，也无法对我产生任何伤害！"

"轰隆隆！"

哪吒的火尖枪瞬间化作一道刺破苍穹的长虹，直指昊天上帝。

"不要再做无谓的挣扎了！"昊天上帝双手结印，再次发动天道轮回。

然而就在此时……

"嗡！"

一股无法形容的恐怖力量，骤然从昊天上帝的身后爆发。

"轰！"

昊天上帝瞳孔猛缩，所有攻击在这一刻戛然而止，甚至连天道轮回的光芒都在瞬间熄灭。

他心头狂震，还未来得及反应，一道恐怖的重击已然从天外降临——"砰！"

昊天上帝的身躯猛地一震，瞬间横飞出去，身后的时空塌陷出一个巨大的旋涡！

他体内五脏六腑翻腾，神志紊乱，完全不明白发生了什么。

这怎么可能？

"是谁！"

"俺老孙来也！"

一个戏谑又带着无比豪气的声音，在天庭之上响起。

定海神针！

一根神铁巨棒，横贯虚空，散发着古老而威严的混沌气息，就这样突兀地出现在天庭之上。

而握住它的，是一只毛茸茸的大手。

这大手的主人，身披金甲，身绕仙风，脚踩祥云，金瞳炯炯有神——孙悟空！原来，哪吒早就想好了对策，拿出悟空赠予的毫毛，召唤他来到天庭，在最关键的瞬间，给予昊天上帝致命一击，打破轮回！

下一刻，哪吒的全力一击也轰向昊天上帝。

"如果因果无法改变……"

哪吒的声音在天地间炸裂，六臂齐挥，所有神兵在一瞬间绽放出耀眼的光芒！

"那我就把因果一起轰碎！"

"轰！"

烈焰滔天，枪芒贯日，乾坤圈与混天绫交织出毁灭的风暴，风火轮轰然加速，哪吒如同一颗陨星，以神速冲向昊天上帝。

昊天上帝尚未从那突如其来的重击中恢复过来，刚刚稳住气息，哪吒的攻击便已到眼前。

"砰！"

枪芒洞穿虚空，直接刺穿昊天上帝的胸膛！

金色的神血溅落，宛若星河崩塌！

"不……不可能……"昊天上帝瞳孔收缩到极致，脸上满是难以置信。

然而，哪吒没有停手！

乾坤圈轰碎他的神骨，混天绫绞碎他的神血，风火轮燃尽他的神魂！

最终——火尖枪贯穿昊天上帝的额头！

"轰！"

刹那间，天庭震颤，灵霄宝殿彻底崩塌，万千神将惊骇地望着这一幕……

昊天上帝，神魂俱灭！

他那代表天道威严的神躯开始崩裂，如同风化的雕像般寸寸碎裂，化作无尽的金色光雨飘散天地之间。

天崩了！

众神骇然失声，三界震动，天庭开始坠落，天道法则失衡，无尽虚空中传来无数大道崩溃的悲鸣。

哪吒立于天地间，六臂仍然燃烧着烈焰，他缓缓收回火尖枪，眼神冰冷，气息浩瀚如渊。

孙悟空单手扛着定海神针，眯着眼睛笑了："哪吒兄弟，你这一枪，可真是痛快啊！"

哪吒目光凌厉，缓缓抬头，看向崩塌的天庭，嘴角扬起一抹凌厉的弧度："我命由我不由天！"

"说得好！"孙悟空竖起大拇指，"我也整两句，那个……"孙悟空抓耳挠腮，想了半天，忽然目光一凝，猛地扬起定海神针，豪气干云地大喝道，"吃俺老孙一棒！"

他的声音轰然炸响，震彻天地，混沌之气在他身周翻腾，一股无可匹敌的战意冲霄而起。

哪吒嘴角微微一扬，火尖枪燃烧着不灭的烈焰，六臂微微张开，神光笼罩天地："痛快！"

孙悟空哈哈大笑，眨了眨金瞳，看向崩塌的灵霄宝殿，伸手一指："哪吒，你说，咱们把这破天庭的废墟清理清理？"

哪吒握紧火尖枪，眼神如电，冷笑道："清理？不，我要让它连废墟都不剩！"

"轰！"

哪吒与孙悟空同时出手，神光纵横，雷霆激荡，火焰梵天。

这一刻，天庭彻底崩毁，旧时代的天道，终结了！

封神台上，神光璀璨，天道再一次恢复了秩序。然而，那柄曾象征天命的打神鞭，却在众目睽睽之下，化作流光，节节破碎，散入天地之间。

新晋的众神呆立原地，看着这消散的神鞭，怅然若失。

这鞭子，曾掌控封神大权，代表着天庭对众生的裁决。凡受封神榜束缚者，皆不得违抗它的威能。然而，如今它已然破碎，化作尘埃，被历史长河彻底埋葬。

长生不老，获封神位，是多少修行之人的梦。然而，眼前这个少年却选择了肉身成圣，逆天而行，用自己的双手，将这场梦狠狠撕碎。

从今往后，再也没有了……

再也没有了天庭的绝对掌控……

再也没有了昊天上帝不可违抗的宿命……

再也没有了封神榜的桎梏……

再也没有了与生俱来的天命……

众神心中不知是惶恐，还是释然。

哪吒收回手，静静地望着天空，漫天金光，像是下了一场雨。

孙悟空走过来，把手搭在他的肩上，嘻嘻一笑："哪吒兄弟，痛快，痛快！俺老孙掐指一算，以后一定有找你帮忙的地方，到时候你可一定得来呀！"

哪吒也学他的样子拔下一根头发："猴哥，到时候你只要大喊三声'哪吒助我'即可。"

孙悟空哈哈大笑，接过头发收好，头也不回地飞走了。

他与哪吒一样，都是不羁之人，从来没把什么天命放在眼里。

可是谁能想到，很多年后，这位曾傲立天地之间的大圣，也会成为五指山下的囚徒？

哪吒转头看向敖丙，少年负手而立，目光深邃。

"你可知，你做的事情，已经改变了天命？"敖丙低声道。

哪吒嘴角扬起一抹笑意："天命？哪有什么天命。我要的，从来不是一个神位，而是一个可以由自己决定的未来。不对，是每个人都能决定自己的未来。"

他把胳膊搭在敖丙肩上，歪着头问，"你呢，好兄弟，接下来准备做什么？"

敖丙微微一笑，目光穿过云层，望向远方波光粼粼的海域。

"我看了一下，陈塘关那处的海域不错，适合龙类居住。"

"好眼光！"哪吒竖起大拇指，有朋友和家人相伴，比什么成神修仙快乐多了，这才是真正的生活。

"愿意去陈塘关的兄弟，随我来！"哪吒纵身一跃，风火轮腾空而起，化作一道流光，向天地尽头远去。敖丙亦化作银龙，潜入云海，隐入无垠苍穹。

"等等我，敖丙兄弟，以后你布雨，我打雷！"雷震子大喊一声，扇动双翼紧随其后。

"还有我，我可以帮陈塘关练兵！"杨戬化作一道流光，生怕自己跟不上。

"你们呀，"姜子牙从方寸袋中拿出一支鱼竿就地坐下，"我老头子要去钓鱼咯。"

鱼线从云端一直垂下，垂到西岐的宫殿，那里正在举行登基大典。

姬昌端坐在大殿之上，接受百官朝拜。

尾声

三年后，陈塘关。

清晨的阳光洒落下来，街道上，商贩的吆喝声此起彼伏，孩童们在巷子里嬉戏奔跑，小妖怪们混在人群里，跟着孩子们一起玩闹。

巷子里，一只小狐狸妖精正蹲在路边，帮一位老妇人缝补衣裳；面馆里，一只熊妖站在案台后，卖力地揉着面团，旁边一个小兔妖正熟练地拉面；街角的茶馆里，一只白蛇妖化作女子，正拿着茶壶给客人们倒茶。

"章鱼铁板烧，章鱼铁板烧！"

章鱼哥的烧烤摊开张了，卖米的店铺门口排着长队，向导领着一群孩子，正在给他们介绍陈塘关的风土人情。

"看那哪吒，三头六臂，一拳砸向申公豹！"说书先生讲述着哪吒的故事，引得掌声雷动。这里比三年前更加热闹了。

陈塘关的一座宅院里，哪吒躺在墙头，手里拿着一串糖葫芦，悠闲地晒着太阳。

"吒儿，小心掉下来！"殷夫人站在院子里，抬头望着哪吒，脸上带着一丝无奈。

"娘，你放心，我不会掉下来的。"哪吒懒洋洋地晃着双腿，一边咬着糖葫芦，一边眯着眼享受暖洋洋的日光。他的六只手早就收起来，如今只用两只手抓着墙头，悠闲得像只懒猫。

"你要是再这样吊儿郎当的，过两天街坊邻居又该说你闲话了。"李靖负手走出来，皱了皱眉，脸上却没有过去的严厉神情，反而带着一丝淡淡的笑意。

哪吒翻了个身，从墙上跳下来，稳稳地落在地上，嘴里还含着一颗糖葫芦，含糊不清地道："说我什么？说我顽劣不堪？说我无法无天？还是说我不务正业？"

李靖摇头："他们说你都三年没闹事了，反倒让人不习惯。"

哪吒一愣，随即大笑起来："哈哈，看来我在陈塘关，果然是赫赫有名啊！"

殷夫人无奈地看着这父子俩斗嘴，轻轻叹了口气，转身进了厨房："吒儿，待会儿你去街上买点米，家里快没了。"

"好！"哪吒爽快地应道，拍了拍衣服上的灰尘，迈步走出了家门。

殷夫人和李靖站在门口，看着逐渐远去的孩子。

"相公，没能长生不老，你遗憾吗？"殷夫人问。

"遗憾？"李靖揽住夫人的腰，"如果长生不老，人生还有什么趣味？"

哪吒听着身后二人的调侃，双手插兜，看着街上来来往往的行人，咧嘴一笑。忽然，一道熟悉的身影映入眼帘，"敖丙兄弟！"哪吒大喊一声扑了过去。

敖丙皱着眉，看着自己崭新的白衣上多了几道红红的糖渍，无奈地叹了口气："哪吒，你就不能稳重点？"

"哈哈哈，兄弟，衣服脏了就换新的嘛。"哪吒拍着敖丙的肩膀，丝毫没有愧疚之意，反而咧嘴一笑，"反正你现在也不是什么高高在上的龙宫太子了，随便点！"

敖丙轻轻一甩衣袖，水汽弥漫，那些糖渍瞬间消失得干干净净。他白了哪吒一眼："就算我不做龙宫太子，也比你整天吊儿郎当的要强。"

"嘿，这你就不懂了吧，人生在世，最重要的就是逍遥快活。"哪吒双手抱头，晃悠着往前走，突然想起什么，扭头道，"对了，今晚雷震子请客，他说要带我们去吃最新鲜的海味。"

"海味？"敖丙一愣，眼角微微抽搐，"你确定不是他去海里随便抓几条鱼，然后用雷劈熟？"

"呃……"哪吒想象了一下雷震子双翅一振，狂雷劈下，一群海鱼翻着白肚皮浮上来的场景，忍不住笑出了声，"管他呢，反正有人请客，吃就对了！"

二人正说着，远处一个声音传来："哪吒，敖丙！快来帮忙！"

他们循声望去，只见杨戬正站在街角，怀里抱着一只毛茸茸的流浪狗，神情颇为苦恼。

哪吒眯起眼看了看，嘴角一抽："杨戬，你抱着这只狗干吗？不会想收养它吧？"

"它不是狗。"杨戬一本正经地说，"它是狼。"

"狼？"哪吒和敖丙对视一眼，然后同时看向那只小狗，小狗摇了摇尾巴，对着杨戬"汪"了一声。

哪吒捂着肚子笑得直不起腰："哈哈哈，杨戬，你是不是被骗了？这明明就是条狗！"

杨戬嘴角抽了抽，正色道："它是狼，它只是有些瘦……"

敖丙摇头失笑："你要收养它？"

"嗯。"杨戬抚摸着小狗的脑袋，眼神柔和，"不管是狼是狗，它以后都是我的伙伴了。对不对，哮天犬？"

远处，雷震子扇动着翅膀飞来，一脸激动地喊道："你们几个，快点过来！我搞了一条大鱼，给你们做雷劈鱼！"

哪吒哈哈大笑，拍了拍敖丙的肩膀："走吧，兄弟，咱们吃饭去！"

敖丙无奈地摇摇头，但还是跟了上去。

阳光明媚，人声鼎沸，空气中弥漫着饭菜的香气。

哪吒和敖丙并肩而行，杨戬抱着哮天犬，雷震子在头顶盘旋。阳光洒在他们身上，在地面投下长长的影子。

神与人，再无界线。

这一战后，封神榜碎，天地之间，每个人都可以过自己想要的生活！